U0132943

经济的本质与目标

茅 琦 著

学林出版社

目　　　录

1

3

　　在讨论我们的经济学问题以前,首先需要设定:我们的出发点是正确的。因而在把出发点确定正确以前,我们不对经济学中的任何问题进行推论,而是将我们已有的结果作一些探讨。在本书中,我们的研究对象与个例将集中在西方发达国家。

第一章　出　发　点

第一节　什么是经济学

　　"哲学"一词本身来自于古希腊语"philosophia",意为"爱智",广泛意义上的哲学就是所有思想的集合。经济的运行从本质上来说,是由人们的思想创造出来的科学技术与管理哲学在生产领域中的运用,而自然科学在 17 世纪以前被称之为自然哲学,牛顿在自然科学领域的著作是《自然哲学的数学原理》。其实思想方式、科学技术、管理学理论,均可以并入同一个词:哲学。所有关于智慧的问题,最终都包含在哲学之中,经济学也是如此。

　　我们来对整个人类经济史进行回顾。可以说,整个人类历史的经济发展过程就是我们的哲学不断地被运用于生产领域的过程。整个经济学的发展过程,就是用不同的哲学来分析、阐明经济的运行规律,以及影响或直接指导经济中的生产、交换、分配与消费的过程。

　　5000 年人类史发展的过程,就是整个经济在沿着更公平分配,更有效生产(效率)的方向发展的过程。经济学,也就是理论性地阐明并指导某一时代有效的或最有效的生产方式,以及一个时代所认为公平的或最公平的交换与分配方式的哲学。

从工业革命开始,人类经济的各个领域都被金钱所驱动,由此经济便也成为哲学的金钱运作形式。为什么经济是哲学的金钱运作形式?

首先,古希腊人创立了哲学,在古希腊语中它意为爱智的哲学,即是指对理性智慧的追求。哲学是指一种理性,它不仅是指黑格尔所论述的局部哲学,还包括所有的理性思想。在经济中最简单的理性就是公平,比如交易的公平,这是所有经济中都有的理性,对经济本身而言就是它在历史中的追求,即追求公平的交易,以及对生产产品的公平分配。

其次,大哲学包括着自然哲学,即我们所称的自然科学,经济中对各种技术的运用,对各种技术的改良,就是自然科学的实际运用,因而,经济中的生产技术本身也是哲学的一种形式。比如经济中电力的供给,交流电的供给本身需要科学理论的支持,这来自于麦克斯韦的电磁方程组和更早先的由法拉第发现的电磁感应效应。经济本身一直是运行在自然哲学支持之上的。此外,与经济有关的教育制度、政治制度、财政政策和管理哲学等,也是一种思想,它们本身也是大哲学中的各个分支部分。所以,经济的运作并不完全是亚当·斯密所说的"生产的终点和目的是为了消费",人们并不鉴于这个观点来构成整个经济的运作。

用同一性质的经济哲学来指导生产,便会在经济中产生相同的生产方式和生产效率,比如用相同的管理方式和技术在不同国家的汽车制造厂里进行生产,生产效率会非常接近;运用不同的哲学会产生不相同的生产方式、生产效率;用不相同的哲学来管理同样的企业,生产效率则会有相当大的差别。

总之,是人类的思想,决定了一个时代经济中的科学技术、管理方法,以及在经济中如何对财富进行分配。

再者,经济运作的本质是哲学的体现,并且正因为如此,当我们问自身,为什么要对经济中的各种法人或自然人收税时,我们会说,对经济中的人收税是为了更好地推行一种哲学,比如个人所得税中的累进税是为了更好地公平分配,税收还可以保障一个国家所运用的哲学不被其他的国家所轻易推倒,最直接的是我们用税收建立起军队保卫一个国家的思想信念。经济的运行就是哲学在运作,而为了保障哲学运作,经济在运行中会有一定的保障哲学的费用。

经济活动是一个经济体(一个政权之内)以金钱的流动来运作哲学,但人们往往忽视了经济运作的本质,比如哲学中的公平分配、等价交换,而只注意了经济的表面现象,即经济中的金钱的运动。金钱在经济中有许多存在形式,比如股票、债券以及资本所包括的厂房、设备等,金钱在经济中的形式也包括以货币形式,即以金钱的方式来推动哲学的运作。理由很简单,因为金钱是一种非常有效的物质媒介。为什么金钱作为媒介是非常有效的呢? 因为金钱是一种特殊的等价物,它可以等价于一只羊,也可以等价于一定重量的钢铁。用金钱的流动来运作哲学,可以通过金钱的特殊等价性,在它的流通过程中使不同类型的资源得到最有效的利用,使人们单一的以金钱支付的劳动收入满足人们不同的欲望。事实上,金钱的这种性质使它在流通的过程中有效地促进了哲学的运作。在市场中,人们总是尽可能地用最少的特殊等价物来交换最多的商品,商品是生产者提供的,生产者同时也是市场中另一些商品的消费者,他们也希望用自己的金钱来交换尽可能高价值的商品,而无论何种商品,它们在生产环节上最初的形式,都是一种资源,如人力资源、木材、铁矿石等等。同时卖方在遵守公平交易、等价交换等哲学原则的基础上,希望用相同量的资源生产出更多的商品来交换更多的金钱,这样就促使人类追求用尽量少的资源来生产出尽可能高交换价值的商品,这一运作最终在短期上会使资源得到有效的配置。人们用金钱即可促使资源进行有效的分配,在短期和长期中降低经济的运行成本,并最终在长期内有效地促进经济发展。比如生产一辆汽车原先要 200 个工作小时,在钢铁和其他固定材料不变的情况下,为了最少地使用人力资源,人们发明了流水生产线,使一辆汽车的人力资源成本只要 1.5 个工作小时。金钱的这一有效性是其他经济运作方式所做不到的,所以在历史进程中人们最终选择了用金钱的流动来运作哲学。

提出更有效、合理的经济运行方式,是本书阐述经济学的目的。

第二节 "看不见的手"是什么

在继续往下论述之前,我们现在已经可以回答什么是亚当·斯密所说的"看不见的手"。亚当·斯密认为,人们利己的行为最终会促使社会进步。人们利己的行为追求的是物质生活,物质生活最终是可以等价于金钱的,这样,人们利己的行为可以归结为对金钱进行追求用以最终满足人们的物质需求。人们单纯的不断地对金钱的追求,其实并不能够最终促使物质财富增加,因为贪婪本身并不会促使社会发展。从历史上的数据看,100 多年来世界经济虽然经历繁荣和萧条,利润率有时高,有时低,但经济总的平均利润率与 100 多年前相比几乎没有变化。在利润率不变的历史事实面前,如果我们不生产出更多更好的商品,那么,贪婪本身并不能使个人的财富增长,也不会促使社会进步;从另一个角度推论,即使利润率上升,社会总的财富变化也不会因为个人财富的增加而增长。在人们追求物质财富的过程中,必须生产出更多的商品或提供更多的服务,才能实现个人的金钱收益更大化,从而满足人们更多的物质欲望。在利润率几乎不变的情况下,个人自身必须为社会提供更多的商品或服务,才能通过由此而来的回报使个人的物质欲望在经济中得到更大的满足。在追求金钱的过程中,人们对哲学的运用,比如运用公平交易、新的科学技术思想等哲学,才能最终促使生产率和生产产值的提高,从而使社会物质财富得以增长。人们在生产中,运用了新科学技术,提高了单个工人的生产率,从而才能提高单个工人的实际工资。再比如,在使用新的管理哲学之后,提高了企业的组织管理效率,由此而来的利润则会增

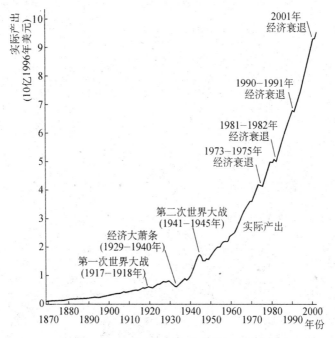

图 1-1　1869—2002 年美国的经济产出

　　在本图中,1930—2002 年间的美国经济产出是以实际国内生产总值(实际 GDP)来衡量的,而 1930 年前的则用实际国民生产总值(实际 GNP)来衡量。在这两种情形里,商品和服务的价值都由 1996 年价格决定。注意产出随时间的强劲向上趋势,与产出在经济大萧条时期(1929—1940 年)和第二次世界大战时期(1941—1945 年)的急剧波动,以及 1973—1975 年、1981—1982 年、1990—1991 年和 2001 年的经济衰退。

　　(资料来源:Real GNP 1869 - 1929 from Christina D. Romer, "The Prewar Business Cycle Reconsidered: New Estimates of Gross National Product, 1869 - 1908," *Journal of Political Economy*, 97,1 (February 1989), pp. 22 - 23; real GDP 1930 - 2002 from FRED database, Federal Reserve Bank of St. Louis, *research. stlouis fed. org/fred/series/GDPCA*. Data from Romer were rescaled to 1996 prices.)

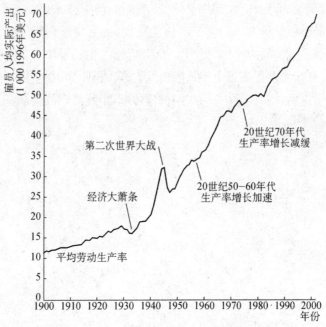

图 1-2 1900—2002 年美国的平均劳动生产率

平均劳动生产率(雇员人均产量)随时间上升,在第二次世界大战时达到了反映战时生产增长的高峰。生产率在 20 世纪 50—60 年代增长特别强劲,但随后逐渐减缓。计算生产率时,产出的衡量与图 1-1 相同。

(资料来源:Employment in thousands of workers 14 and older (1900 - 1947) and 16 and older (1948 - 2002) for 1900 - 1969 from *Historical Statistics of the United States*, *Colonial Times to 1970*, pp. 126 - 127;for 1970 - 1999 from *Economic Report of the President*, 2003, Table B - 36;for 2000 - 2002 from Bureau of Labor Statistics Website, series LNU02, *data. bls. gov/servlet/Survey Outputservlet*. Average labor productivity is output divided by employment, where output is from Figure 1. 1)

加管理人员的实际收入。这样在追求物质财富的过程中,人们最终选择更有效的生产物质财富的哲学,从而因为在微观上对哲学的推行最终促成单个个人的收入增加。而同时,当微观上对哲学的推行范围不断扩大,达到一定规模时,哲学就开始在宏观上体现为促进整个社会的财富增长。由此分析,在经济中"看得见的手"是金钱,亚当·斯密所说的"看不见的手"则是哲学。哲学这一"看不见的手"最终在人们追求物质生活的过程中促进社会财富的增加。由哲学所决定的产出增长,其中包括人均产出的增长,最终决定了一个国家的富有程度。

在事实上,即便利润率变化,人们在追求个人利益更大化的过程中,要使平均的个人收益增加,也必然要求社会的产出更多。社会产出的增加需要由哲学来推进。经济状况的变化,最终要受哲学的推动。

其他影响社会财富增加的因素,包括西蒙·库兹涅茨认为的思想意识、政治制度,还有马尔萨斯认为的人口数量,这些都是由哲学理性所推动的。哲学意为爱智,思想意识当然是哲学,政治也是哲学的一种形式。政治是指各种政体的不同形式,即民主制、贵族制、君主制。政体的形式决定政治是为人民,还是为贵族或为君主服务,由此决定一个社会所运作的哲学理性最终为谁服务,即政治是哲学的利益形式,它决定谁成为哲学理性运作中最大的受益者。一个社会能够养活多少人口取决于其经济的承载能力,承载能力即为经济所能生产供给的量。经济运作在某一层面的哲学之上,因而经济能够供给多少物质产品,一个社会能够养活多少人,最终也是由哲学的理性程度决定的。哲学其实包括了其他所有的学科,哲学是科学的科学,是社会科学的科学,也是自然科学的科学。决定经济增长的各个因素,最终都是哲学的某一形式或推论,因而哲学是推动国民财富增长,即经济发展的那个"看不见的手"。

第三节　经济学的研究对象

一、经济学中的问题

经济学研究经济中的问题,必须包括经济运行的本质,而不仅是经济的表面现象。

经济学要研究的对象或者问题不少，其中当然包括效率（efficiency），效率其实是指生产力和生产组织方式。在效率方面，经济学向我们提出两个问题：

1. 如何生产，生产什么？

2. 生产多少，为谁生产？

一般在经济学中人们都会问：生产什么，如何生产？事实上，短期内在一般的企业中，人们总是这样思维的。老板会问自己生产什么，然后让工程技术人员去解决如何生产的问题。但在经济学运行的源头上，我们必须回答，如何生产，然后是生产什么。因为首先，经济需要得到自然科学（自然哲学）的支持，才能解决在科学理论上涉及的生产可能性（比如激光技术是因为爱因斯坦在理论物理上取得了突破），以及需要人们的思想才能解决的生产方式和管理哲学这些问题，对此经济在长期上大多是以金钱支出的方式来对教育和科研进行投资。生产力或生产方式就是指如何生产，因而生产什么取决于经济在长期上对教育、科研的基础投资。只有解决了科学技术方面的问题，即如何生产的问题，才能决定经济中每个部门能够生产什么。

生产什么是就经济中的供给面而言。但一般在短期上，人们会问市场需求什么，然后回答供给什么。在经济运行中，我们必须同时考虑长期问题，长期经济中的需求问题。人们在某一长时期内可以实现的欲望，取决于现有的生产力和生产方式状况，即如何生产决定着欲望实现的可能性，由此使欲望可以转变为现实需求。

同样，一般来说，企业会问为谁生产，然后决定生产多少。但在整个长时期的经济运行中，生产力或生产方式，决定着生产量的多少。产量的大幅提高可以促使生产成本下降，商品的市场价格也会下降，而价格下降则会促使需求的量上升。这样，在经济的运

8

行本质上,在长期中生产方式或生产力决定了生产量的多少,而生产量的多少则决定了为谁生产。比如计算机制造,一开始用晶体管技术,这一生产技术决定了它的产量和价格,由此决定了最初的计算机使用者仅限于大学的实验室,而如今计算机的生产技术采用超大规模集成电路,使用对象面向个人,在其产量上升的同时,成本得到下降,这样计算机就成为大众消费品,需求量非常巨大。因此,生产方式既决定了生产量的多少,又决定了为谁生产的方向。

以上两个问题是对宏观经济学的提问,而对微观经济学,我们确实会反过来问:为谁生产,生产什么,如何生产,生产多少? 个人与企业的决策,往往考虑的是经济运行中的表面现象——金钱运动,而在宏观经济学上,经济内在的等价交换、公平分配等哲学本质则体现得比较明显。

除了"公平",经济学的研究对象还包括"效率"。在经济学中,人们往往将效率优先或相对优先于公平来考虑。但在整个经济的发展过程中,与其说效率优先于公平发展,不如说它们是共同进步。在整个社会的发展过程中,每一次技术革命,在提高了社会生产效率的同时,也适时地对社会提出了公平分配的问题,即在创造了新的物质财富的时候,哪些人将对这些新增的财富进行合理的分配。在每一次技术变革的当时,人们也就开始用更公平的分配方式来支持在提高效率上的技术进步。

由于人们欲望的驱使,即人们对财富的追求,所以每一个经济体中的人都需要"经济增长"。如何使经济增长,也许不是一个马上可以回答的问题,因为人们总的财富的增长取决于实际的科学技术水平、生产的组织管理方式和社会政治形式。经济增长的问题,其实本身主要是一个取决于效率的问题,当然还同时涉及经济中的公平分配,因为不公平的分配,会在相当程度上抑制人们的生产积极性,从而降低经济整体的效率。

把以上的经济学问题实际化，就引出了经济学中的另外两大问题："通货膨胀"与"就业"。如何才能保证经济的稳定增长从而促使经济为社会人群提供不断的就业岗位，如何在现有的经济体系中进行比较或最合理的分配，其中包括如何保持低通货膨胀或既不通货膨胀也不通货紧缩？通货膨胀与就业是经济学的基本问题。

除此以外，经济的运作还要受限制于资源的稀缺性（scarcity）。因为在某一层面的自然科学技术水平下，可使用的资源是相对有限的，比如工业革命时期的煤，原子能时代的铀。由于人们的无限欲望和有限的资源，所以必须在有限的资源中，进行有效和合理的分配。但是经济学的主要问题还是效率和公平问题，因为生产力即效率将决定可以利用的资源的范围和数量，比如在工业革命时期我们就不可能使用铀这种资源，在炼铁技术成熟之前，铁这种资源也不会在经济生产中被运用。公平是分配环节中最重要的原则，资源固然稀缺，但如何以社会认同的公平方式分配，使资源本身对社会经济产生最大的作用，一直是每个时代经济学家努力寻求解答的问题。

金钱在经济中的运作使人们在经济活动中被金钱所驱策。为了满足个人可以实现的欲望，人们进行了各种形式的生产活动。但在一个给定的时间内，比如一年，生产力，即产出的量毕竟是有限的，而人的欲望是无边的，这就决定了资源和人们能生产出的产品的有限性，即相对于欲望而言的稀缺性。经济的生产和管理方式决定了一个经济体内部在某一时期内可以利用的资源的总量，它是一个定量，这就意味着，在一定时期内所有可以被利用的资源总量是有限的，由此，为了生产更多的某些产品，就必须放弃其他一些产品的生产。当把一些经济资源用于生产某种产品时，所放弃的另一种产品生产上最大的收益，就是这种产品的机会成本（opportunity cost）。

二、微观经济学和宏观经济学

以解决经济资源的配置和利用为对象来划分,现代西方经济学从总体上可以分为微观经济学和宏观经济学两大分支。微观经济学研究资源配置问题,宏观经济学研究资源利用问题。微观经济学(microeconomics)和宏观经济学(macroeconomics)中的"micro"与"macro",来自希腊语,前者的含义是"小",后者的含义是"大"。

宏观经济学以整个国民经济活动作为考察对象,研究经济体总体的经济问题以及相应的经济变量的问题是如何决定的,以及研究它们之间的相互关系。总体经济问题包括经济波动、经济增长、就业、通货膨胀、国家财政、进出口贸易和国际收支等,经济变量的问题有国民收入、就业量、消费、储蓄、投资、物价水平、利息率、汇率及这些变量的变动率等。宏观经济学通过对这些总体经济问题的研究,一是了解已经配置到各个生产部门和企业的经济资源的使用,是如何决定着一国的总产量(国民收入)或就业量的;二是了解商品市场和货币市场的总供求,是如何决定着一国的国民收入水平和一般物价水平的;三是了解国民收入水平和一般物价水平的变动跟经济周期及经济增长的关系。其中国民收入的决定和变动是一条主线,所以宏观经济学又包含国民收入决定论或收入分析。它实际上研究的是,一个经济体经济资源的利用现状和它怎样影响着国民经济总体,用什么手段来改善经济资源的利用以实现潜在的国民收入和经济的稳定增长。宏观经济学研究的是经济资源的利用问题。

微观经济学以单个经济单位、个人、家庭、厂商以及单个产品市场为考察对象,研究单个经济单位的经济行为,以及相应的经济变量的单项数值如何运动。经济行为包括:个人、家庭如何支配收入,怎样以有限的收入获得最大的效用和满足;企业、厂商如何把

11

有限的资源分配在各种商品的生产上以取得最大利润。单个经济变量包括：单个商品的产量、成本、利润、要素数量；单个商品或劳务的效用、供给量、需求量、价格等。微观经济学通过对这些单个经济行为和单个经济变量的分析，阐明它们之间的各种内存联系，从而确定要实现的经济目标。归纳起来，微观经济学实际上是要解决两个问题：第一是消费者对各种产品的需求与生产者对产品的供给，怎样决定着每种产品的产量、销量和价格；第二是消费者作为生产要素的供给者与生产者、作为对生产要素的需求者，怎样决定着生产要素的使用量及价格（工资、利息、地租、正常利润）。它涉及的是市场经济中价格机制的运行问题。所以，微观经济学又被称为市场均衡理论或价格理论。它实际上研究的是：一个经济体既定的经济资源被用来生产哪些产品，生产多少及采用什么生产方法，产品怎样在经济体的各成员之间进行分配。所以它研究的是既定的经济资源如何被分配到各种不同的用途上，即资源配置问题。资源配置问题可以通过上一节中的第一、第二个问题来解决，但在微观经济学中是反过来提出并解决问题的，即生产什么，如何生产，为谁生产，生产多少。

在研究经济学的过程中，我们划分出了宏观经济学和微观经济学，但这并不意味着在划分之后，我们就可以将经济学以宏观经济学和微观经济学作为两个孤立的部分进行研究。这两种经济观察不过是看待同一事物的两种不同的方式，它们是各具功效、彼此补充、不可分离的整体。

三、实证经济学和规范经济学

人们在对稀缺的经济资源选择不同的用途时，必须先解决一个选择的问题，这便是经济活动的规范问题。由此，经济学被分为实证经济学（positive economics）和规范经济学（normative economics）。

实证经济学是研究什么的？它是对经济运行进行描述。规范经济学研究的是什么？它是对各种行为方式的合意性作出判断。规范经济学要利用实证经济学的研究成果。我们只能在清楚一种经济政策的后果时，才能对它的合意性作出判断。

第四节　研究经济学的方法

经济学不是一门简单的科学，它比我们过去所认识的范围更大，比我们通常所研究的内容更具体，而且它因此包容得比以往的经济学本身更多。

正是因为经济学不是一门简单的科学，它通常决定着社会结构和社会的政治形式等，所以，研究它要比研究其他学科涉及更广的范围。但是范围更广不一定更难研究，就如同对于包容一切的浩瀚宇宙的研究一样，只要把握了它基本的引力规律，我们就可以论述出宇宙是如何具体运行的。对于经济的运作也是同样，当经济学所包容的范围越广，经济学所要研究的内容更多的时候，我们其实就可以归纳出更广泛意义上的真理。

当然，事情并非会那么简单，要接近真理，我们就必须更广泛地研究整个社会，更深入地熟知经济如何在整个社会各个角落的运作，知道一种经济现象如何产生及它产生的社会因素，它在运作中与其他各种经济现象的关系，以及我们可以用什么方式来优化这种经济现象，等等。

如同西塞罗（古罗马）所说：所有的社会科学都是相互联系的。在研究经济学的漫长过程中，我们不得不承认经济学与其他的社会科学学科是一个集合体，因而我们不可能用一种孤立的研究方法来探索经济学。经济学的一些问题如同西塞罗所言，它们需要放在整个社会科学的范围内来加以研究。

研究经济学要把它放在整个社会科学的领域中，这是研究经济学最主要的方法,也是以往经济学家所没有过多注意到的。在经济学的研究方法中,还包括建立经济模型(economic model)、个量分析(individual analysis)与总量分析(aggregate analysis)、局部均衡分析(partial equilibrium)与总体均衡分析(general equilibrium)、静态分析(static analysis)、比较静态分析(comparative static analysis)与动态分析(dynamic analysis)等。

第五节 经济中的人

我们一般可以认为,在一些常识问题上,人们是有共识的;在大多数情况下,人们也符合"理性人"(rational man)的标准,即亚当·斯密所言的经济人(economic man)。在这种情况下,人们在经济中的行为是基本相同的,但作为一门科学,经济学要求对社会经济现象作出更为严谨的解释。我们当然需要根据主要的基本因素来分析经济中的问题。但是,如果一些主要因素之外的因素确实影响到了对经济问题的分析,那么就必须在分析的时候也包括这些因素,因为经济学是一门科学,它需要精确性,而且经济本身也不是与社会中的各种其余因素不相关联的。

对经济学中的人而言,主要的因素确实是人们在通常情况下会按照"经济人"的假设来理性对待行为。除此之外,在一些需要判断力、管理能力和其他能力而非常识的经济行为中,人不可能总是正确的。历史告诉经济学,不是所有的人都能够对同一件事做出正确或最合理的判断处理,同一个人也不可能对所有的事情都做出正确或最合理的判断。作为一门科学,要求经济学更接近真理,历史中的经济事实告诉我们,人不是完美的,人不可能在判断市场信息、处理经济中的事务或其他的各种经济行为中,永远都正确。甚至在最普通的流水线生产中,人们的行为也并非总是正确,像在汽车流水生产线上,工人有时也会出现差错(这是汽车制造商都知道的)。社会中有人会竞选总统成功,也有人因违犯法律而入狱,人们既会做好一件事情,也有出错的时候,这一社会事实在经济中也一样。

所以在经济学和经济活动中,人不是完美的,人的行为有时是正确的,并且基本上如此,但有时人会做出不合理的行为或错误的行为。

经济学不同于物理学,物理定律是不以人的意志为转移的,而经济中的每一个现象,小到一笔买卖,大到国家宏观经济的决策,都是通过人来决定和实施的,由此形成的经济结果都受到主观行为的影响。人是经济中的最主观的因素,无论是整个社会的价值体系,还是单笔交易的价格,都是由人来决定的。人有各自的想法,在经济学中,人有不同的对单个物品或劳动价值的评判,这是其一。其二,人有不同的判断能力,有些人能够判断正确,有些人则可能会判断不正确。人也有不同的管理能力,有些人能够管理好很多人,处理好很多信息,而有些人就只能管理自己和自己的工作,他们更喜欢早点下班回家,看看晚上的电视节目。

正是因为在经济中人的共性与差异,形成了经济中大范围内的价值共同体系和可预料的经济行为,也导致了经济细节上的单个事件的差异。比如因人的能力不同,或因为人的获得信息的渠道不同,或因为信息本身的传播范围不同等,会导致经济中的信息不对称和其他的不对称。甚至对于同一个报纸上的广告,也会因为阅读报纸的人的不同,而获得不同的效果。比如 A 早上起床比较晚,草草看过报纸的头版头条以后,就上班去了,回家以后也没有继续阅读报纸。而 B 起得比较早,在仔细看了报纸上的广告后,得到了一条信息,广告上面写着有一套房屋因急于出售,价格很低,于是 B 当日下午去付了定金,购买之后再等待一段时日,选好时机,以较高的价格卖出去获利。一个很小的起居习惯,就会导致不同的市场结果。

在经济学中,因人的差异,时常会导致不同的结果。我们可以由此得出如下结论:

1. 经济中的人,总是尽可能以理性的方式来追求利益的最大化。

2. 经济中的人,有不同的判断能力、不同的管理能力和其他足以影响个体收益最大化的因素,从而导致在追求利益最大化的过程中,人们在结果上的差异。

第二章　价格和价值

在亚当·斯密提出商品使用价值和交换价值（价格）的时候，经济学便诞生了。价格和价值是经济学的本质问题，这也是本书所论述的经济学的核心问题。

在以往历史中，人们从来没有真正地弄清价格与价值的关系，虽然以往的一些经济学家都对价格与价值进行了深入的研究，并提出了价值与生产商品的劳动量成比例关系的结论。但是由于他们始终无法把价值与市场价格相联系，即价值理论无法与经济实际相结合，所以许多年来价值理论并不被一些经济学者认同，以至于有些经济学者认为价值理论是多余的。

亚当·斯密提出了商品的价值理论，标志着经济学作为一门学科的开始，在经济学诞生时提出的这样一个问题，它的理论理想是正确的，并且现在可以被解答。

第一节　以往对价格和价值的认识

一、亚当·斯密的价值理论

由于交换的物品必须是人们需要的有用品，所以亚当·斯密提出"价值"一词。有时它用来表示某物品的效用，这是使用价值；有时它表示某物品具有换取他种货物的能力，这是交换价值。商品的交换价值不是由它的使用价值决定的，而是等于这个商品能够买到或支配的其他商品。又因为所有各种不同的商品，都是劳动的产物，包含着一定量的劳动，所以，亚当·斯密把劳动看作是一切商品交换价值的真实尺度。由于亚当·斯密把一种商品的使用价值同该商品的交换价值，即该商品所能换得或支配的另一商品量，混淆起来，所以亚当·斯密在他的书中，有时把商品的价值量取决于生产者所投入的劳动量，有时把一种商品的价值说成是该商品所能换得或支配的劳动量。

亚当·斯密价值理论的二重性还表现在：一方面他认为，在没有资本积累和土地私有的原始社会中，两种物品的交换比率取决于这两种物品生产所耗费的劳动量的比率，这表明亚当·斯密深入事物的本质及其内在的联系，提示了价值这个经济范畴的本质及它所决定价值量的规律。另一方面，亚当·斯密的研究方法还停留在对现象表面的描述上，他从资本主义商品生产的表面现象出发，认为一旦有了资本积累和土地成为地主私有财产后，商品的价值或商品在市场上所能卖得的价格，除了补偿资本家支付给劳动者的工资和土地所有者的地租外，还必须给资本家提供正常利润，否则该商品不可能被生产出来。这样，亚当·斯密就认为，一旦有了冷酷积累和土地私有，商品的价值就由工资、利润和地租这三种收入之和构成，这种观点后来就成为生产费用（成本）的价值理论。

政治经济学和亚当·斯密所说的价值或马克思所说的市场价值，亚当·斯密称其为自然价格，指的是该商品的供给与需求恰好相等时会有的销售价格。市场价格则是指一时一地的商品供给和需求所决定的成交价格。亚当·斯密认为，市场价格通常环绕自然价格上下波动，并终究会趋向与自然价格一致。因为当市场价格超过自然价格时，资本家赚得超过正常利润的超额利润，由此引起资本注入该部门，该商品的供给增加，价格下跌，反之则价格以上升方式趋向自然价格。

在自然价格的决定中,亚当·斯密认为,在一定地区和相当长的时期内,虽然工资、地租和利润是随现实的市场状况变动的,但有走向于某一平均水平的趋势,亚当·斯密称其为自然率。自然价格就是由工资、地租、利润这三种收入的自然率相加之和构成的。

二、大卫·李嘉图的价值理论

大卫·李嘉图在他 1817 年写的《政治经济学及赋税原理》的一开头是这样说的:"商品的价值取决于其生产所必需的劳动量。"

1. 李嘉图认为商品的价值是由生产该商品所使用的劳动量决定的,而不是如斯密所说取决于该商品所能支配的劳动。李嘉图说,生产商品所耗费的劳动与该商品所能换得的劳动,只有在劳动者同时也是所生产产品的所有者这一条件下,才是相同的。因为在这样的情况中,商品生产所有的劳动和劳动者所得的报酬中所包含的劳动量总是一样的。但事实上,一种商品在市场上所能换得的劳动量与该商品生产时所耗费的劳动量是不同的。

李嘉图认为,除此以外,亚当·斯密认为如果劳动可以作为计量一切商品价值的尺度,就必须证明作为计量尺度的劳动本身的价值是固定的,有如一米的长度是固定不变的一样。但事实上,一定量劳动所能换得的工资,即亚当·斯密所认同的劳动价值,是经常在变动的。

2. 劳动的价值有简单劳动与复杂劳动之分。不同商品的相对价值唯一取决于该商品生产所耗费的劳动量,但因不同行业的劳动有不同的性质,这就产生了怎样将复杂劳动换算成作为计量标准尺度的简单劳动的问题。对此,李嘉图认为,各种性质的劳动在市场上,将主要根据劳动者的相对熟练程度和劳动的强度而得到市场快速并准确的估价。这种估价一经确定,就很少发生变动。宝石匠一天的劳动比普通劳动者一天的劳动所创造的价值更大,这是很久以前就已经确定了的事实。

3. 商品的价值取决于劳动,这里的劳动除了直接投在商品生产上的劳动以外,是否还包括投在协助这种劳动的工具和工场建筑物等上面所包含的劳动? 对此,李嘉图批判了亚当·斯密价值理论的另一个错误,即在没有土地私有和资本积累的原始社会,商品的价值唯一是由生产商品所投入的劳动所决定,但到了土地私有和资本积累的社会,商品价值是由三种收入,即工资、利润和地租这三者之和共同构成的。李嘉图说,原始人捕猎鸟兽也需要有某些武器作为工具,这与当代社会所不同的只是工具所包含的劳动形式和劳动量有差异。此外,在一种商品上投入的劳动量一旦被确定,即劳动价值被决定以后,价值就不再改变。至于产品是全部由劳动者占有,还是分解为工资、利润、地租,那只是分配问题,与价值的决定无关。

4. 决定商品价值的是生产商品的必要劳动。李嘉图认为,不论是工业品、矿产品,还是农产品,决定其交换价值的永远不是享有最有利的条件,又同时掌握某种生产设备的人们进行生产时所耗费的较小量的劳动,而是为满足人们所需要的产品的数量不得不在最不利的条件下所必需的劳动量。(这是一个经济学家深入到经济的最基本面后才能发现的道理,伟大的李嘉图!)如果需要的产品数量减少,那么人们就可以放弃上述最不利条件下所进行的生产,而保留比上述最不利条件稍微优越一些的次不利条件下所进行的生产,这时该商品的价值将较前一种情况有所减低。

5. 按照李嘉图的劳动价值理论,价值量唯一由投入的直接劳动和间接劳动所决定。由此决定的价值量,在扣除工资以后即为利润。因此,工资增加与减少的变化不会影响到价值量,只是引起利润的反方向变化。这就批判了包括亚当·斯密在内的当时一种普遍流行的错误观点,即认为工资的增减将引起商品价值的相应增减。但是,李嘉图在进一步研究中发现,如果两种商品生产使用资本的结构不同,或资本周转速度不同,那么包含着平均利润率的商品的生产价格将与其价值背离。由于李嘉图所谓的价值实际上等同于马克思所说的生产价格,也就是说李嘉图此时把价值混淆成生产价格,因而他认为对在上述条件下的价值规律必须稍有修正。

6. 李嘉图认为,尽管耗费的劳动量是商品价值的基础,是决定各种商品互相交换的标准尺度,但是商品在市场上进行交换时的实际价格或市场价格,与它们的原始价格和自然价格,仍然可以有偶然的或暂时的背离。

第二节　价格和价值

　　24 岁的贝多芬在维也纳大学旁听大学课程,他旁听的是哲学课。要成为一个伟大的艺术家,首先要成为一个思想家,如同成为一个伟大的音乐家需要哲学一样,所有的问题最终都要回到哲学上来思考。价格和价值的问题,也是一个哲学问题。解决价值如何转变为价格,即价值转型问题,将有利于对经济成果更公平地分配。引导经济走向更公平的分配方式,是经济学的根本目的之一。

　　马克思是一个伟大的哲学家,当 2001 年英国广播公司(BBC)在网上进行调查,谁是上个一千年(1001—2000 年)中最伟大的思想家时,马克思超越其他所有人。这些人包括牛顿、爱因斯坦、达尔文、斯宾诺莎等,成为上个一千年中最伟大的思想家。往往越深入地研究经济学,你就会越发现马克思理论的正确性和先进性。以往经济学在价格与价值理论上遇到的问题是:在实际中有些商品是不按它们各自的价值交换的。马克思经济学理论的哲学出发点是:客观必然决定主观,主观认识也一定能够完全认识到客观事实的全部。这在理论上可以这样说,但在实际经济活动中,我们——人，往往做不到。在实际中，我们确实无法避开价格不等于价值的问题。我们需要回答，价格为什么不等于价值。

经济学中的问题，需要我们回到哲学中来研究。

在哲学上，我们将世界分为客观与主观两个部分，前者决定是否存在，后者决定存在被认识到什么程度。存在与认识相互的关系是，他们两者各自相对分离，同时存在又影响着认识。通常人们说客观影响主观，那么为什么说认识与存在的关系是一种相互关系呢？从物理学的观测方法来说，假设汽车在地面上以每秒30米的速度运动，但如果我们把测量的尺度定为地球半径的长度(约6300公里)，那么在这一尺度之内汽车的运动变量就不在可观测的范围内，我们主观认识虽然不改变客观事实，但主观认识可以决定我们看到的是客观事实的哪些面和部分，即主观认识影响客观事实的哪些部分被观察到。在经济学中，这种观测决定着价值被人们如何评价，即人们看到了商品劳动价值的哪个部分、哪些部分或全部，由此对商品价值作出了什么样的评价。另外，在现实生活中，我们很少能够真正做到准确无误地从主观认清客观。在物理学中，这种无法准确的观测被称为"量子的测不准原理"。在经济的现实中，也存在测不准原理，比如经济学中样本的偏差，统计数据的遗漏，人们消费的偏好，商品本身相对于主观需求的序数效用和基数效用等等。此外还有，如果我们在某一时刻得到了较全面的经济信息和数据，但准确地分析信息得出结论需要10分钟，而市场价格的变动在1秒钟之后就会发生，市场要求我们在1秒钟之内作出决定(这样的事情在股票市场、期货市场时时刻刻都在发生)，由于受时间的限制，主观也会无法对客观做出准确的分析。主观因素对客观劳动价值的影响是相当重要的。要从哲学上指出的一点是：主观认识与客观认识之间，是存在着偏差的，在某些情况下，偏差会很大。

在经济学中，价值就是哲学上的存在，价格就是人们对存在的主观认识。价值与价格之间的关系就是哲学中存在与认识的关系。只要我们在哲学上弄明了存在与认识之间的关系,那么经济学上的价值与价格的问题也就会迎刃而解。在下文中,我们将对这一困扰亚当·斯密与大卫·李嘉图的问题给出解答。

一、价值

1. 价值的定义

在本书的论述过程中,一开始的研究观点就与李嘉图的结论相同,即同时要考虑到劳动创造价值,以及商品或劳务在市场中的交换比例关系。只有在弄清价值是本身存在的,而价格是人们在市场交易中对价值的主观认识时,才能明白价值可以无需考虑市场交换而独立存在,即价值的存在是独立的。当然,本书也在"通货膨胀"一章里写道,市场价格是衡量价值的重要标准,这是因为在哲学上,"存在"由两个部分组成:第一,事物必须本身存在;第二,事物必须为我们所认识。第二点在社会科学的学科研究中非常重要,因为社会科学中的所有研究对象都是因为人类存在而存在的,比如文字、法律,而对大自然而言,只有物理定律是适用的,人类使用的文字符号与法律法条在自然界中没有意义。在物理学中,我们可以说看不见月亮的晚上月亮还是在那里的;但在经济学中,如果没有人的主观思想与被思想意识所指挥的外在劳动,那么就不会有市场、交易或生产,经济学所研究的对象就不会存在,经济学本身也无法存在。所以人们对商品价值的主观认识在经济和经济学中是至关重要的。

商品价值中的"价值"一词是一个人类社会的概念。因而在哲学上,"价值"的存在需要有两个因素:第一,价值本身存在,在经济中即是人类的劳动;第二,对价值的认识与对价值量的认同。第二点中,对商品价值的承认与认同,需要价值认同机制,具体到经济方面,即对价值认同的机制是市场。市场(market)是指买卖双方相互接触(直接或通过居间代理人或机构)而产生商品和服务交易的机制。人们的主观认识并不总是正确的,主观上对价值的认识,即市场交易时形成的价值交换比例,并不总是能等同于劳动所创造的价值。人们主观所得出的某些商品支配其他商品的比例(商品交换比例)并不总是等于商品之间的价值比例。此外,在市场中买卖双方因为各种优势、弱势与其他因素(比如信息),也同样会导致交换价格相对于商品价值的比例不等。在现实生活中,人们无法提供一个让所有商品完全符合价值比例的交易机制。这样导出的结论是:对商品价值起到认同作用的实际市场并不能准确地反映商品之间的价值比例关系。由于在实际中不存在能准确反映每一件商品价值量的完美市场机制,因此就需要在理念中假设:在一个理想市场中,商品的交换比例与商品的价值相等,即商品的价值被准确地承认和认同。此外,在实际市场中,会有商品卖不出去的情况,比如因为商品质量有问题而导致商品没有市场。这样的情况在理想市场中也会存在,即理想市场也会对质量有问题的商品持否定的态度。理想市场与实际市场的区别在于,理想市场对价值进行准确的评估,而实际市场会发生市场评估不准确或市场失灵的情况。由此我们可以得出两点结论:一,对价值的准确衡量需要假定在理想市场的前提下;二,价值必须对市场而言具有正确的目的。由此我们可以得出价值的定义:价值是指在理想市场中,对市场而言目的正确的劳动量。理想市场,也可以认为是理论中的市场,就像牛顿运动定律的第一定律:在不受外力作用的情况下,物体保持其原有的运动状态。实际中不存在物体不受外力作用的情况,但在不受外力作用的情况下,物体确实会保持其原有的运动状态。同样,实际中不存在理想市场,但在理想市场中,商品的价值确实能被准确地认同。理想市场,只是为了准确地解释"价值"而假设的一种理论中的状况。

价值的量,则是理想市场中目的正确的劳动量的函数:

$$V = f(W; s, c)$$

其中 s 代表劳动强度,c 代表劳动的复杂性。在商品或劳务所需的劳动复杂性不高的情况下,劳动强度在同等劳动时间下对价值的影响较大,在商品或劳务所须的劳动复杂性较高的情况下,劳动的复杂性对价值的影响更大。在相同的时间内,会因不同的劳动强度、不同的劳动方式(这一点尤为重要,比如脑力劳动和体力劳动),产生不同的价值。

以往经济学在对价值理论的研究中,所使用的哲学前提是客观不但决定主观,而且主观最终是能够完整地认识到客观所具有的所有特性和参数的。这在宏观物理学中是正确的,但在经济学中却无法实现,原因是:第一,获得市场中的信息是要时间的,而信息本身又瞬息万变,由此会导致获得的信息滞后于市场的变化。第二,人们收集到的信息经常是不完全的,在市场中每个经济个体得到的信息也会相互不对称。第三,根据经济学中对人的阐述(第一章),在获得信息之后,对信息的判断,每个人也是不同的,人有可能在对信息的判断中出现不合理的行为,因为人不是完美的,这是事实,经济学不能违背事实。因此,人们在市场中对价值的主观认识,即市场中的交易价格,并不能总是等同于价值本身。

2. 等价值

市场中的等价值是指因生产不同产品,所消耗的管理性劳动、营销劳动、生产商品的劳动、生产原料的劳动、创造专利专有技术的劳动,以及创造科学新知从而影响整个社会生产技术的劳动,诸如此类的劳动价值之和相等。营销也是劳动,所以也包括在价值之中。原料的价值,应该以开采原料所付出的劳动量来计算,而不是以人们主观欲望的价格来计算。

3. 劳动价值

劳动价值理论已经由先前的经济学家进行了精辟的阐述,本书只是做一个追随者所能做的那一小部分研究工作。

劳动是人类有目的的活动,即劳动是有思想的活动,或者是被一种哲学所驱使而形成的有目的的活动。

有正确目的的劳动形成劳动价值。劳动被分为一般性的劳动和主动积极性的劳动,一般性的劳动指的是依照已有的哲学、指令或条件把事情做对,主动积极性的劳动指的是在已有信息不完全或相关条件不完善的情况下,做出的判断与创造。前者,一般性的劳动,又被称为简单劳动,主要指体力劳动;后者,主动积极性的劳动,又被称为复杂劳动,主要指脑力劳动。一般劳动即简单劳动,与主动积极性的劳动即复杂劳动的区别在于,一个是带有创造性的,或者是带有正确判断的劳动存在,比如对股市的正确预期,对生产技术的改进;而另一个简单劳动,只是照着已有的样式或条件工作。这两者的区分不在于劳动的部门或岗位,而在于是否主动地创造和积极正确地判断。相对而言,复杂劳动比简单劳动所创造的价值要多,但这并不意味着复杂劳动的劳动者收入一定会比简单劳动的劳动者收入要多。因为在劳动市场上,由于社会本身被地位、权势和各种力量所影响,所以存在着不平等交易。通常在企业里,技术部门的员工从事的是创新工作,这是复杂劳动,而他们得到的是相对固定的薪水。但同时,在大多数企业中,总裁的主要工作只是维持现有企业的日常运转,如果企业不遇到挑战,经营业务顺利,管理企业也可以说是简单劳动。总裁的所得,即资本收益,或管理收入,在美国,1990 年时大约是普通员工工资的 107 倍,2004 年这一比值上升到了 400 倍。在英国,2004 年这一比值约为 500 倍。从事简单劳动与复杂劳动并不是收入高低的关键。导致收入差距的主要原因,不仅涉及对资本的控制,还因为在企业中,通常由总裁决定每个人的收入,这也包括总裁对总裁自己收入的决定,总裁甚至往往有权影响董事会对他的薪水控制,因此,经济行为在这种情况下,就由金钱推动哲学变为金钱推动人们行为,即有决定权的人更注重经济运作的表面金钱形式。在我国台湾地区,我竟知道有一个总裁是这样对底下员工说的:"不要找我,也不要打我的手机,"他拍拍挂在自己腰上的手机。"除非有人跳楼死了,或者发生火灾(因为当地政府会为这种事给他处罚)。"对这位总裁而言,他基本上只有简单劳动,或者没有劳动。其实领导人干的活并不一定多,无论是在经济界中还是在政界中都是如此。美国总统的薪水是美国所有政府职员中最高的,而美国总统克林顿(1993—2000 年在任),除了每年的正常休假之外,每年平均还要打 60 场高尔夫球(高尔夫球通常从早晨打到傍晚),即五个工作日中的一到二天在打高尔夫,也许他此时也可以工作,但这样的工作很难令人信服,因为当中央情报局(CIA)的官员在总统打高尔夫时(2000 年)向他报告"基地"组织将袭击白宫、五角大楼和纽约双子塔时(此事后来在 2001 年发生),总统的回答是:"这不是情报。"

27

　　劳动本身所创造的价值有时并不直接影响和决定个人的收入,因为社会中存在着各种决定收入的因素和斗争,但公平的分配是经济学和经济工作的重要目标,我们由此需要更公平的经济学。

　　运输工作中的劳动,也是劳动,也有劳动价值,因为它是有正确目的的人的经济行为,即把某一些东西按照需要,正确地运到另一些地方。运输本身是不会提高被运输商品的出厂价值的,但从劳动价值的定义"价值是有正确目的的劳动的量"来分析,运输是一种有正确目的的服务,即有一种正确目的的劳动,这样的服务性劳动,虽然并不是生产性劳动,但也是有价值的。我们也知道,先前的经济学家对此是如此理解的,他们认为农业和工业生产是产生价值的产业,而在那时,经济中的服务业还不是很明显,所以那时的经济学不需要在这一问题上扩展开来。现在服务业这一经济大部门在国民经济统计上已经非常重要了,对服务业价值的确认应该被注意到。

　　为什么要通过市场来最终评判商品的价值呢? 因为商品价值

中除了有一般劳动即简单劳动以外,还有复杂劳动,即商品中还包括有决策者的判断。如果决策者作出的判断是正确的,那么市场会以比较高的价格来评价决策者的脑力劳动;如果决策者的判断是错误或不完全正确的,那么市场就会以比较低的价格来评价决策者的劳动。商品中一般价值的含量虽然是既定的,但是到底一个商品的价值是多少,不是由生产者即企业决定的,而是由市场中的另一部分,即市场中的多数人决定的。由此我们得出了另一个结论,即劳动并非总是有使用价值的。马克思也曾经同样这样理解过:"没有一个物可以是价值而不是使用价值。"其中的"使用价值"即是对其他人而言的,对其他人而言意味着商品转手,即经过了市场交易。如果物对市场没有用,那么其中包含的劳动也就没有市场价值,即市场决定了存在的物是否有价值。这是市场评估对价值的影响。非有效的劳动,就不形成价值。所以,对市场价值性劳动的定义就应该表示为:有正确目的的劳动。在理性评估的情况下,价值就是有正确目的的劳动的函数。

只要举个例子,以上的论述就会一下子明白了。假设有一个商品,当被市场正确评估时,它的价值是 100,这是它本身所包含的劳动价值(其中包括工人的劳动,管理决策者的劳动等),是一种存在,这一客观存在的价值由两个部分组成:(1)劳动本身(客观);(2)市场的正确评估(正确的主观判断)。当这一商品在市场中参与交易时,市场可能抬高对它的有利一面的评价,由此市场交易时的价格成为 105,即主观判断形成市场价格,并且由于主观判断与客观存在之间的差距,导致商品价格不等于它的价值。

任何生产者或劳务提供者,不管是从事工业生产,还是从事农业或服务业,孤立地看,都不生产价值或商品。因为在大自然中,没有价值,也没有"价值"一词,价值是在人类社会中才有的,价值是人的主观发明。人们生产的产品或从事的劳务只有在一定的社会评价机制中才能转为价值(由此产生社会正确评估下的必要劳动时间决定的商品价值）。因为一切商品对它们的所有者来说是非使用价值，对它们的非所有者是使用价值，不交换就是没有使用价值，即无价值。因此，市场交换是价值形成的必要因素，交易时的主观判断是价值存在的必要因素。商品必须全面转手，商品的转手就形成商品交换，从而形成交换市场和市场中的交换比例，即形成商品价格。

二、价格

1. 价格的定义

价格之所以不等于价值，这是因为形成价格的因素与形成价值的因素不相同。价值是劳动的函数，它只与劳动本身有关，因为只有劳动才创造价值；价格虽然是对存在着的劳动价值的评判，但是在实际中，价格是买方与卖方双方欲望的妥协。

可以对价格作出如此的定义：价格是卖出人与买入人在达成交易时，对商品的价值进行相互认同或妥协而得出的交换量。

价格是市场中人们对商品或劳务的劳动价值的主观判断，但这种主观判断往往受到买卖双方个人欲望的左右，往往使价格因此不等于价值。

价格是卖方与买方在交易达成时的一个相互认同或者妥协的货币或实物的交换量。在经济活动中，价格很少就等同于价值，即劳动价值。因为人们的欲望各有所好，有些富有的人"只要最贵，不要最好"；或者因为人们的认知不完全相同，对同一事物有不同的看法，不同的价值取向，这就导致价格不同于价值。富兰克林（Franklin，美国《独立宣言》的起草人之一）曾经说过他小时候的一个故事。富兰克林小的时候有一次看到了别人的一个哨子，他非常喜欢，于是他花钱把哨子买了下来，后来他发现，那个哨子花了他比当时市价高 4 倍的钱。富兰克林告诉我们，"你所想要的东西不一定值得你花费那么多"。而在经济学中，我们说，商品有时

29

以高于实际价值的价格出售,就是因为欲望或其他能够影响价格的因素,使商品的价格不等于实际的价值。

在市场中,决策者通过正确判断,抓住商机,抢先生产在未来市场所需求的商品,填补市场空白,从而以较低的成本、较高的价格出售商品,获得满意的利润,这时我们并不能认为决策者因价格的变动而获取了高于劳动价值的回报,因为在价格和生产成本之间会有一个重要的劳动价值的存在:决策者判断力(脑力)劳动所产生的价值。

2. 价格的变动与工资刚性

价格不是静态的,因为市场中的客观因素在不断改变着人对商品价值的判断,人的主观意识也不断重新评估已有因素对商品价值的影响,人们也同时因自己对商品主观喜好的改变而转变对商品价值的认识。

价格在市场中是以一个瞬间的形式存在的,如果交易不断进行,那么价格是一条连续的曲线。当然,如果交易不连续进行,价格就会在数据图上很明显地表示出它是一个个静态的点。价格可能的变动发生在交易时,一种商品或劳务的价格上下浮动只是发生在交易时,因为市场交易是价格形成的必然起因。由于价格的可能变动一定发生在交易时,所以,如果交易是连续的,那么价格的变动就可以表现在这一连续的交易价格曲线上,由此形成价格沿时间的变动弹性;如果交易是不连续的,比如劳动合同所拟定的工资,那么价格的变动就只发生在再次交易的时候,由此产生的交易价格是一个个点或一段段的不相连的直线,由此形成价格因时间而产生的粘性(stickiness)。在下次订立劳动合同之前,工人的工资是刚性的。

这一对价格的时间上的弹性和粘性的分析,适用于任何商品或劳务的价格,因为价格的弹性只有在交易时才能体现,由此形成由需求与供给而产生的交易价格弹性的时间上的一般规律。即如果交易连续进行,需求与供给对价格的弹性就得到充分、明显的体现;如果交易不连续,需求与供给对价格的弹性就因时间间隔而不能充分显现;而如果针对某一单一交易的时间间隔很长,就会使价格因时间间隔而表现出粘性,这是工资具有粘性或称之为刚性的原因。这一价格在时间上的弹性与粘性,在哲学上被称为存在与表现,即存在的是价格的弹性,而交易的时间间隔决定了价格弹性是否能够表现出来。

三、价值和价格的关系

1. 从哲学上来看价值与价格的关系

商品的价值不随价格的升降而变化,它的价值是各项已固定成为成本的劳动价值和新劳动所创造的价值之和。

通常人们会在购买商品或获得服务时,自己心中有一个价值量,但人们通常也希望以较低的价格来购买商品或获得服务。因此,价格是人们在市场中达成交易的货币交换量。

萨缪尔森曾经断言,根据数学分析,不能证明交换价值同商品中的物化劳动成比例,对单个商品或服务来说这是真的,因为交换价值即市场价格是主观的。从哲学上来说,这就是让主观与客观成比例关系,数学上当然做不到这一点。对于一个不存在的比例关系,我们当然无法给予证明。然而,哲学同时告诉我们,在人类认识世界的过程中,主观虽然不能完全相等于客观,但这并不意味着客观价值不存在。我们无法使主观完全认识到客观,但客观劳动价值是存在的。主观与客观的关系是主观认识客观,从哲学上分析价格与价值的关系,我们称之为"价格接近"或"背离价值"。

有学者认为:"价格总是在价值的上下浮动,并最终趋向于价值。"这位学者这样认为是因为他相信人们可以在市场中最终找到与存在着的价值量相同的交换比率,即人们能够准确无误地计算出各种商品之间的比例,由此最终价格会趋向于价值。然而我们也应该看到,价格是人们相互间欲望的妥协或者相互认同对方评估价值的一个结果,交易价格永远是一个在交易瞬间达成的交换量,它是实际中的一个买卖双方在某一时刻对商品或劳务价值在主观认识上的共识。价格虽然总是在价值的上下浮动,但它只有在很偶然的情况下才等同于价值,即人们的主观之间的共识与客观价值相一致时,价值等同于价格。但是在经济活动中,由于信息瞬息变换的特点,以及人们主观判断的偏差等原因,人的主观对价值的认识,使价格很少能够在变动的市场中完全等同于价值。其实,在通常情况下价格与价值非常接近,但就算是这样的非常接近,在纯哲学意义上来说,我们认为这也是"不等于"。

大卫·李嘉图认为,价格有时会背离价值。但是在市场中,价格则是基本上不等于价值,或者说价格不是有时在背离价值,而是基本上接近于真实的价值量。

价值和价格的区别在于,价值是在商品出售前已经确定的,它是生产劳动、营销劳动与其他劳动之和,而价格是买卖双方共同达成的一个相互认同或妥协的交换量,它是不以商品价值为准的,因为价格取决于需求和供给(生产者供给市场是因为追求利润)等因素。需求和供给的出发点都是欲望,在两种欲望相互妥协或相互趋向于认同一个货币交换量时,价格才成立,需求和供给在交易时是不以维护商品固有价值比例为交换目的。价格只是维持各种因素形成的需求和供给平衡的杠杆,所以它上下浮动,仅偶然等同于价值。

自由市场是经济中民主原则的体现,因而为了民主本身,我们可以允许,其实我们也不得不默认价格与价值在少量或微量上的不等。自由市场机制本来就可以有效地刺激经济的良好运作,在没有导致较大或巨大的不公平交换和分配的时候,自由市场机制是一种很有效的经济运作方式和价格、价值决策机制。

2. 总交换价值等于总交换价格

森岛通夫(Michio Morishima)与凯特弗里斯(Catephores)应

用马尔可夫链现代数学分析工具进行了不断的价格校正分析。他们的分析证明,迭代过程保证了只要序列$\{Pt\}$从 $Po＝A$ 开始,在总价值＝总价格、总剩余价值＝总利润这两个条件都始终得到满足的严格而绝对的标准下,收敛于长期均衡价格向量。这一数学收敛均衡表明,参与交换(因为均衡价格存在意味着参与市场交换才形成价格)的总价值与总价格相等。这里我们仅讨论价值与价格。

从哲学理论上分析,在经济活动中,人们所消耗的来自市场的产品和服务不可能从虚无中产生。生产或提供服务需要劳动,市场中的产品,比如钢材,无论它的价格如何,它都是经过劳动从矿山中被开采出来,经过劳动被提炼成初级产品,直至到最终产品,再被劳动者运输到市场。劳动是一切产品和服务的唯一产生源。在市场中,所有的交换之和形成总价格,这一总价格包括了所有被交换的产品或服务,而同时所有被交换的产品或服务都是劳动的产物或结果,即所有被交换的商品同时具有价值,这些价值之和形成总价值。由此可以认为,总的交换价值等于总的交换价格。

当然,我们也说如果某人捡到了一块金块,那么这是什么呢?黄金是被市场认同的有价物,或者通常我们称之为货币(黄金是一种货币),这人捡到的不是劳动价值,而是货币。由于货币是一种特殊的等价物,所以人们可以用它(比如黄金)来交换产品或服务。但如果这种交换是以货币来交换劳动价值,则是人们对价值的主观认识上的误区。人们通常认为黄金相当有价值(这一主观价值远远大于生产黄金的劳动价值),它可以被用来交换其他产品或服务,其实黄金只是一种货币,它是市场中的流通物,而不是消耗物(世界上只有几种工业生产需要消耗极少量的黄金)。在这样的交换中,捡到金块的人与其他人进行了货币价格交换,而不是价值交换。

33

第三节 我们通常所认识的价值

在人类出现在世界上以前,大自然已经存在了很多亿年,对大自然而言,无论是自然界中的树木、黄金还是水,原先都是没有价值的,一切的存在对大自然而言只是存在,物质没有价值的高低,只有数量上的多少,质量上的轻重。而在人类出现以后,按人类的欲望,物质才有了相对的价值,即我们通常所认为的以交换价格衡量的价值。以交换价格衡量的价值是相对于人的存在而确立的,对物质的价值的评价取决于人所生活的社会价值体系。

按照以上所说进行理论推导,可以得出一些结论,这些结论会随着时间的流逝而得到最充分的论证。

天然黄金是没有劳动价值的,它之所以被认为是贵重之物,只是因为它闪耀夺目,光芒四射,它有着大自然独有的绚烂,而这种绚烂正是我们欲望深处发自内心的追求。人们对黄金的获取欲望,在历史中形成了对黄金的欲望型价值,并且欲望不灭,价值不衰,这是葛朗台(巴尔扎克小说中的吝啬鬼)在临死前看见金十字架时眼睛放光的原因,也是我们看见黄金时,眼神中充满光芒的唯一理由。欲望是经济学中最重要的因素之一,是推动经济发展的基础之一,也是历史中以交换价格衡量的价值产生的第一社会因素——欲望导致交换的产生,你需要我生产的商品,而我想要你手中的黄金——交换导致交换价格的存在。从历史的视角看,我们通常所认为的价值是指商品或服务在交易时,商品与商品或商品与服务之间的相对交换量,即我们现在所说的价格。价格和价值之间的关系,就如同重量与质量的关系,重量会随海拔的高低而变化,而质量不会;价格会随着人们对商品或服务的欲望与认识而上下浮动,而价值是既定不变的。

第四节 对价值的认定

既然价值的量在实际中是既定的,那么我们为什么不像马克思所认识的那样,以一种计划经济的方式来指导经济工作中的商品价格,使商品的价格与价值永远相同呢?

如果实际中真的能够做到价格等于价值,那么无疑我们可以用计划经济的方式使价格在经济中运行。但无论是在计划经济中,还是在自由市场经济中,使商品获得交易价格的是人。在计划经济中,制订价格的是少数人,即有权制订价格的人。在市场经济中,制订并最终使价格形成的是企业(即生产者)和消费者,即多数人。在漫长的历史中,我们看到占统治地位的群体并不一定比被统治者更为睿智。同样,在经济工作中,我们并不能认为有权制订价格的人,一定比自由市场中的人更能准确地计量出价格。即使某个人一时能够作出正确的判断,也不能说他在未来制订价格时能够做到永远正确。法国的拿破仑是历史上取得胜利最多的将军之一,但他也有滑铁卢战败的时候。如同在其他领域一样,经济中在价格的制订上没有神,价格不可能一直与价值相等。于是,在由少数人判断商品价值即制订价格,和由多数人判断商品价值并形成价格的选择中,经济领域期望以多数人的民主意愿来决策价格。

第五节 黄金和石油

但是有时候,事情并不会像想象的那么好。

在 19 世纪美国掀起淘金热时,有一个人在路边偶然发现了一个大金块，这种事在那时经常发生。于是他便不再劳动，他让管家去店里买回衣服、食品和其他用品，于是制造这些产品的人通过产品的卖出最终得到了钱，他们用得到的钱买回必需品。在这个简单的交换过程中，第一，有人通过劳动生产出衣服、食品等商品并通过交换获得所需；第二，有人不劳而获，仅仅是因为他拥有一块捡来的黄金。这显然是不公平的交换，仅仅是因为我们认为黄金是有"价值"的，所以拥有黄金的人可以支配其他人而自己不劳动。"我们认定它是有价值的，所以它是有价的"，我们可以这样说，但欲望不等同于理性，我们不应这么做。

如果我们的价值体系会最终导致以不公平的方式进行交换，那么，我们就应该有一个新的对劳动价值的认识体系。

必须把价值体系建立在等价交换的基础之上，剥削别人的劳动是不正确的，这个我们知道，因此我们说，等价交换意味着等劳动价值交换。

由于天然黄金没有劳动价值，而我们又对它有需求，所以因为人的欲望，人被拥有黄金的人所支配，这也是很正常的事，因为欲望支配人。但是，通过这样的支配，有人可以不劳动，这是不对的。而且现今，有一个比黄金更普遍的东西，并且进入了经济中几乎每一个部门——石油。

在 20 世纪 70 年代中期，欧洲和美国发生了经济滞胀，物价快速上升，但经济增长却几乎为零。这个问题的形成，是因为石油价格过多地高于它的劳动价值，当我们在市场中以劳动创造的商品价值与高价格的石油进行商品交换时，世界上参与交换的价值总量等于所交换商品的价格总量。当我们的大量劳动价值被交换成石油时，我们是在用相对劳动价值较高的商品去交换劳动价值相对较低的商品。我们所付出的大量劳动价值是当年应该创造的经济增长中的大部分或全部，因此，我们当年的经济增长，从价值角度分析，是被石油输出国所换走，于是我们的经济增长极低。而同时,由于石油作为重要原料和能源,它的价格计入了几乎所有的产品中,石油价格的上涨,引发市场中几乎所有商品的价格上涨,影响了整个市场中各种商品的价格。人们由于石油价格的上升,而导致在石油产品上的支付扩大,由此人们在其他商品和服务上的需求相应地减少。而石油价格的上升只是导致了石油企业利润的上升,人们并未因此扩大总需求,反而在原有的情况下,消费了与原先数量相同或稍小一些的石油产品,并支付了比原先多得多的价格。与此同时,其他方面的消费即减少了。这样,社会名义的产值是上升了,但由于石油产品消费数量不变,其他消费减少,社会总需求减少,从而使就业率下降,经济中的失业率就上升。在20世纪70年代,美国和西欧的经济增长,即实际产量(实际劳动价值)的增长被石油输出国交换走,进口石油为我们带来了价格飞涨和失业率陡增。这是经济滞胀的原因。

在沙特阿拉伯,2005年,人们在当地每开采一桶石油的成本是2美元,2008年是3美元。在2005年,伊拉克,我们每开采一桶石油的成本是75美分,2008年是1美元。2008年国际石油市场上每桶石油的价格超过100美元。我们用美元购买石油,卖给我们石油的人用美元来购买我们劳动创造的商品或我们提供的服务,最终,交换的实质变为以石油价格交换劳动价值。当我们去一些盛产石油的国家时,会发现那里的不少人非常懒惰,他们几乎不劳动——那是因为我们向他们提供了劳动输出,而仅仅因为他们拥有丰富的石油。在经济学中的这种不平等现象,应该被改变,特别是像石油这样每桶成本只有2美元,利润率达到并且超过5000%的商品,它在市场中应该以比较低的价格进行交换,否则价格和劳动创造的价值之间存在巨大的不平等,经济中的效率与公平的平衡就会被打破。

我们的主观判断,即使在民主占多数的原则下,也有不正确的时候。在历史中,当多数人的意见不正确时,民主就是一种多数人的暴政;在经济中,当多数人(自由市场中的人)的主观判断不恰当,而由此导致市场失灵时,会引发经济中分配的不公平,这种现象亟需要改变。2006 年在委内瑞拉,每升汽油的价格仅为 3.2 美分到 4.5 美分(这其实差不多是汽油的实际劳动价值含量)。在尼日利亚,每升汽油的价格为 0.1 美元,埃及是 0.17 美元,科威特为 0.21 美元,沙特阿拉伯为 0.24 美元。相比之下,荷兰为 1.75 美元,挪威 1.69 美元,意大利 1.61 美元,在美国 2006 年 5 月份每加仑汽油为 2.86 美元,折合成每升约 70 美分。按货币购买力计量,中国是世界上汽油最贵的国家,每升汽油 2.5 美元(2006 年统计)。参考一些产油国的石油价格,其实石油的价格是可以降下来的,人们也应该将它降下来。

从价格的差额上,我们已经看到价格其实并不真实地反映价值,因为 2006 年委内瑞拉的大部分石油向美国出口,而两国的油价相差巨大。市场有时候,因为各种因素的存在,比如石油垄断巨头、产油国的输出配额限制等等,导致市场在运作中价格与价值相背离,致使产生数额巨大的不等价值交换,由此违反经济中的公正和公平分配规律。国际石油市场在 2007 年的交易量为 2000 多亿美元,而实际商品价值交换只有不到 60 亿美元,这一不公平交换是巨大的不公平。正义和公平是我们社会存在的基石,是我们的基本信念,是经济运作最终的支持者,它们是不可放弃的。因此政府完全可以暂时进行限制价格,历史中几乎所有的国家都使用过这种方法,我们现在仍然可以使用。当然,这是短期的,在长期上,价格不是由少数人能够决定的,还是要由市场调节来决定。为了经济的公平运行,我们需要新的价廉而丰富的能源。核电是清洁能源之一,使用新方法设计的第二、第三代核电厂其实很安全,曾经发生事故的是第一代核电厂,它发生事故的原因是因为设计本身有缺陷,并不是核能无法被安全利用。利用核能是大多数国家在经济发展中增加能源的主要出路之一。

　　在对石油进行分析以后,可以推广得到一个普遍的适用规律,即在公平交换的前提下,所有的自然资源的价格应该与开采、获得它们所付出的劳动价值相接近。拥有自然资源不等于可以变相地剥削别人的劳动成果。

第三章 通货膨胀

第一节 通货膨胀的定义

一、定义

通货膨胀是指物价水平在一定时期内持续而普遍地上升,或者通常可以认为是货币实际价值在一定时期内持续地下降的过程。通货膨胀不是指随机或特定的一种或几种商品及劳务的价格上升,而是指经济体中物价水平总体的上升。物价总水平或一般物价水平是指所有商品和劳务交易价格总额的加权平均数,即通常所称的价格指数。

衡量通货膨胀率的价格指数一般有如下几种:

1. 消费价格指数(consumer price index,CPI),它是通过计算城市居民日常消费的生活用品和劳务的价格水平变动而得到的指数,它并不计算例如出口商品或非零售市场的劳务价格,即 CPI 并不计算非零售市场的价格变动。它的计算方法是:

一定时期消费价格指数 = 本期价格指数 / 基期价格指数 × 100%

2. 生产者价格指数(producer price index,PPI)。通常在经济报告或报道中我们称之为"批发价格指数",它是通过计算生产者在生产过程中所有阶段上所获得产品的价格水平变动而得到的指数。这些产品包括最终原材料、中间产品和产成品。这一指数与消费价格指数的不同在于,它没有包括进入零售领域后的市场

中的商品或劳务价格的变动量,即没有计量零售业中的价格变动
情况。

3. 国内生产总值价格折算指数。这一指数的统计计算对象
包括所有计入 GDP 的最终产品和劳务,因而能较全面地反映一般
物价水平变化。但为了让一般消费者和市场经济中的厂商掌握物
价水平的变化,经济信息在收集中产生了消费价格指数与批发价
格指数。

二、实质意义上的价格上升——古典二分法及对古典二分法的修正

18 世纪的大卫·休谟以及与他同时代的人提出,所有的经济
变量应该分为两类。第一类由名义变量(nominal variables)组成。
经济中的名义变量是按单位衡量的变量。第二类由实际变量(real
variables)组成。经济中的实际变量是按实物单位衡量的变量。
何为实际变量? 例如种植小麦的农民,他们生产出的小麦的量是
按公斤计算的,这便是实际变量,而农民卖掉小麦得到的钱是以货
币单位来衡量的,这是名义变量。同样,名义 GDP 是名义变量,因
为它计量的是经济体中商品与劳务的货币价值,而实际 GDP 是实
际变量,因为它衡量经济体中所生产的物品与劳务的总量。把变
量分为这两类的方法称为"古典二分法"(classical dichotomy)。

但是经济学中有一个问题,是休谟和其他经济学家所不曾考
虑到的,因为他们可能并不学习农业学。在评判小麦的经济价值
方面,小麦的蛋白质含量是非常重要的指标。那么,如果我们在同
一块土地上第一年和第二年小麦的产量相同,但是小麦的蛋白质
含量有较大上升时,表现出的是实际产出量没有增长,但是因为小
麦蛋白质含量的不同而使小麦的价格发生变化。古典二分法这时
所能表述的是,当小麦的实际产出没有增长,而小麦的价格此时上
升时,那么就是局部的通货膨胀。这显然是不正确的,因为当我们

41

用蛋白质含量高的小麦去做面粉时,同样重量的小麦做出的面粉会更多,或者在做出同样重量面粉的情况下,用这些面粉再做出的面包的口感会不同,用高蛋白质含量的面粉做出的面包更有弹性,口感更好。这一问题的存在其实是由于育种技术改进或采用转基因技术提高了生产率,即由于育种学家或基因学家的劳动价值,提高了小麦内在的劳动价值。古典二分法并不能解决例如生产率提高后实物产出数量不变,但品质提高所引起的商品价格变动问题。这一问题,即品质引起的价格变化在经济学中是非常普遍的,比如苹果的甜度、钢铁的含碳量、用于制造轮胎的橡胶的含硫量等等,这些变化都足以引起商品的效用和使用价值的变化。

所以在经济中,表面上的价格上升不一定就是通货膨胀,它可能意味着由商品品质的提升而引起的价格上升,因为货币在一定时期内的实际价值并没有下降,虽然对一种商品的货币支出量上升了,但同时得到的商品效用或使用价值也同样上升了。举例来说,如果苹果的甜度由7%上升到10%,产量不变,价格上升,那么其实无论是从效用还是从使用价值或商品价值来说都发生了变化,可以说价格的上升在此时是对商品品质、效用或价值的重新评定。商品的效用或价值,主要是以市场的价格来评判的,价格的上升不一定意味着钱比原来不值钱,因为我们多花了钱,可能买到了更多的效用或价值。

再比如,计算机的每秒浮点运算速度在60年来不断上升。而即使不去除最近30年来的通货膨胀,个人计算机的价格也已经从70年代国际商用机器公司(IBM)推出第一台个人电脑时的4000美元,下降到了目前的500美元,或者,你可以在网上买到300美元的崭新计算机。那么从古典二分法出发,我们说个人电脑的价格从4000美元下降到了500美元。但是对芯片制造商英特尔(INTEL)公司来说,每18个月它就将中央处理器(CPU)的速度提高一倍,30年来,它已经将个人计算机处理数据的速度提高了

500000 倍。与 30 年前的个人计算机相比，今天计算机的强大功能使我们获得的效用比 30 年前要多得多，它的使用价值也发生了飞跃。品质的改变足以影响商品的效用和使用价值，因为 30 年来个人计算机价格不仅下降了 3500 美元，即 87.5％，而且它还提供了原先没有的其他的各种效用，所以从事实上来说，价格下降加上提供效用的增多，使价格的实际变动比统计上反映出的更大。

所以，在使用古典二分法的统计中，价格上升不一定意味着金钱即货币，相对于效用、使用价值或价值的比例下降。我们在 100 年前吃到的苹果与今天的苹果相比，在甜度、香味和口感上都有不同，这并不能简单地认为在 100 年前一个苹果价格为 5 美分，今天一个苹果价格为 50 美分，因而通货膨胀在苹果这一项上就计算为 10 倍。同样的道理，价格下降也就不能简单地认为是通货紧缩。

价值的高低最主要是以自由市场的价格来评判，这是经济学中的民主原则。价格其实是商品和劳务价值的重要体现之一，所以商品价格的上升，其实部分也是由于实际生产效率提高导致商品在品质上的提高而引起的。对于商品数量不变但品质上升引起的物价上升，就可以这样来认识。用类似商品的价格在一年中的变化，比如一年中蛋白质含量相同的小麦价格水平的变化，与蛋白质含量较高的小麦价格进行比较，可以大概地得出蛋白质含量高的小麦实际提高的价值。

由此得出对古典二分法的修正结论：名义变量计量的是经济体中商品与劳务的货币价格，实际变量计量的是经济体中商品与劳务的劳动价值，即价值。

由于商品本身品质的提高，在实际中如果商品的价格上升了5％，但其中因通货膨胀而引起的价格上升只有 3％，另外的 2％的价格变化是由于商品本身品质的提升而引起的。因而，图 3－1 中

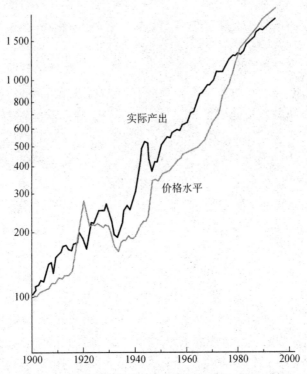

图 3-1　美国消费者价格指数和实际国内生产总值
（以 1900 年价格水平为 100）

的居民消费价格指数曲线并没有确实反映货币价格的准确变动情况,实际的货币价值的变动曲线在图中居民消费价格指数曲线的下方。图中的美国国内生产总值曲线因为扣除的通货膨胀价格过多,因此实际的美国国内生产总值曲线在图中这一曲线的上方。

图 3-2 中,因为在中世纪到工业革命之前这段时间内,技术革新非常缓慢,商品的品质几乎没有什么变化,所以这段时间所对应的整体价格水平曲线和实际工资曲线非常接近,真实地反映了整体价格水平和实际工资水平。自工业革命以来,尤其是第二次世界大战之后,由于科学技术的快速发展,商品的品质有了本质上

44

的飞跃。商品整体价格水平的曲线基本上处于图中价格曲线的下方,而实际工资曲线在此期间则应该位于图中实际工资曲线的上方。

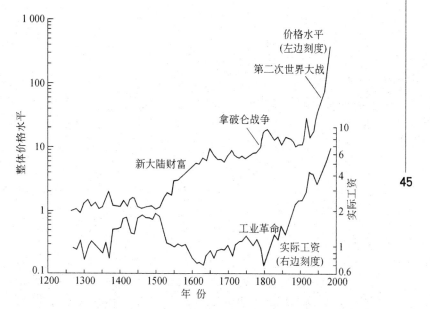

图 3 - 2　1270—1999 年英国的价格水平和实际工资(1270＝1)

第二节　通货膨胀与通货紧缩的原因

与过去的研究不同,过去在对经济学的研究中,总是注意通货膨胀的表面原因,即货币数量与市场商品的关系。我们从来没有真正讨论或直接回答过经济中的通货膨胀在社会因素中本质上的原因。

从表面上来看,通货膨胀的必然原因是货币数量问题,但经济学作为一门科学,要求我们透过表象,看清楚并回答本质问题。

一、价格形成的过程

对于卖方和买方而言,市场中的价格并不是简单地由买卖双方各自想好一个价格,然后走入市场,当双方对价格的想法相同时形成交易。在一次交易中,总是有一方先提出一个价格,然后再由另一方选择,有时双方也进行妥协。在南美巴西的咖啡种植农将种植出的咖啡卖给雀巢公司,在这一交易中雀巢公司是价格的制订者,它制订的价格之低,已经使当地咖啡种植者濒临破产的境地(2003年)。为什么大公司可以制订价格?因为它有市场垄断权等优势。同样,如果市场中最终的消费者走进了超级购物中心,制订价格的会是超级购物中心,因为超级购物中心在市场中占有多种优势;同时大型的零售商在进货时也是价格的制订者。之所以这样,是因为大型零售企业在市场中有许多优势,比如垄断售货渠道优势,相对于消费者的信息优势等。但企业有对价格的制订权并不意味着在降低采购成本的同时,厂商会降低最终商品的价格。因为企业存在的目的是盈利,降低采购成本的目的不是为了给消费者提供价格更低的商品,虽然企业可能这样宣传自身,但降低采购成本的最终目的是为了实现更高的利润。只有当市场中存在着竞争,或者同时最终出售的商品价格能够给企业带来预期的利润率等情况的时候,企业才会降低商品的出售价格。在市场中,总会有一方先给出价格,制订价格的一方在市场中是占有优势的一方,优先制订价格这一点被称为定价优先权。在一方先给出价格之后,经过另一方的选择,或双方的妥协,或仅是另一方的妥协,最终形成交易。

对价格进行进一步的分析,可以看到有四个因素对市场价格与价格指数会构成影响。

1. 卖方的定价优先权

为什么卖方的定价优先权,相对于买方的定价优势权更重要呢？这是因为反映最终通货膨胀的指数——国内生产总值价格折算指数，指的是最终的产品和劳务。事实上，除极少数由大企业制订价格的买方市场之外，市场中绝大多数制订价格的是卖方，企业也并不会因为降低了采购成本而自愿降低最终商品的价格。因此相对的价格指数中的价格优先制订者是卖方，即影响通货膨胀的最终定价优先权掌握在卖方手中。

在市场交易的过程中，买卖双方各拥有一种力量决定着商品或服务的价格，第一是卖方的定价优先权，第二是买方对购买商品的选择权。

人都是有欲望的，人的欲望几乎存在于人类社会的每一个时期，每一个地方，经济中的人在经济社会与经济市场中也必然会被欲望所驱使。

由于卖方总是希望以较高的价格卖出商品，以获得较高的收益，而卖方又同时在市场中握有对商品或服务定价的优先权，所以卖方在为商品定价时，通常都是以较高的价格作为首先的标价，这被称为卖方在市场中的定价优先权。卖方的这一定价优先权导致价格在沿时间的横轴上不断被抬升。

只有在竞争和市场不景气等因素的压力下，卖方才会降低商品的定价。竞争是价格下降的必要因素，对消费者是有利的，但恶性的价格竞争是不利于消费者的，因为当利润率不能维持在一个较高水平时，生产商可能会退出这一市场，由此消费者的选择可能性会下降；或者会挤压成本，降低产品的相对品质，并且会导致一些其他不利于消费者的情况，比如企业的研发费用下降等。

2. 买方在购买商品时的选择权

买方总是希望以较低的价格来获得较高的商品价值，买方有决定是否购买商品或获得服务的权利，即买方在购买商品时的选择权。在商品价格较高时，买方就会选择暂时不购买或少购买商品，或者选择购买一种价格较低的可替代商品，比如法国苹果价格较高时，人们就购买美国苹果。

当卖方的定价与买方的心理价位趋向一致时，交易就达成，从而形成一种商品在某一时间点上的价格。

3. 信息在卖方与买方间的不对称

卖方并不对单个的消费者公布商品的成本，对于消费者而言，他们至多只能知道附近的商场中相同商品的价格，而零售商不会让消费者知道商品的实际成本，因此，在卖方和买方之间存在着信息不对称，这使得卖方在交易过程中占有信息优势。卖方的定价优先权，因信息优势，在交易时取得对买方购买商品选择权的优势，从而能以较高的交易价格成交。买卖双方的信息不对称是卖方得以抬高价格成交的必要条件。

在经济活动中，信息不对称现象是普遍存在的，卖方很少或几乎从不公开商品的成本，信息不对称不是假设，而是经济中的现实。对于社会中的各个方面而言，如果没有较全面的信息，就不可能作出正确的判断，因此，买方在购买商品时也根本无法对商品的价格作出正确的判断。卖方正是利用在交易中买卖双方的信息不对称，来诱导买方接受较高的交易价格。

4. 社会消费信心

社会消费信心，是指整个社会的消费者是否愿意将自己持有的货币用以消费的心理状态。假设社会消费信心以指数 100 为正常消费心理，高于 100 时，消费者就愿意扩张性地购买商品，从而需求会在这样的情况下上升。而对于拥有定价优先权的卖方来说，他们就可以因为需求的上升而提高定价，以更高的价格等待消费者来到市场，而消费者在此时又以扩张性的方式购买商品，即较少地考虑商品的价格因素，于是在形成交易时，价格处于较高的位置。

所以，在卖方拥有定价的优先权，买方拥有购买的抉择权和买卖双方信息不对称的情况下,社会的消费信心将决定通货膨胀的程度。但这些因素对价格的影响主要是建立在信息不对称的前提之上的,是附属于信息不对称的。

二、其他因素对通货膨胀的影响

我们必须考虑因为技术革新而带来的成本下降现象。在经济中由于某个部门的技术革新会导致这个部门的产品成本下降,同时形成价格的下降。如果技术革新在短时期内是大范围出现,并且由此形成的价格下降足以抵消由于其他原因而导致的价格上升,那么就会形成通货紧缩,这在 1998 年和 1999 年的中国曾经发生过,当时中国的经济年增长率为 7.4% 与 6.3%,经济整体价格变动率为 -0.4% 和 -0.8%。当时中国国内的消费正明显快速增长,但消费的增长没有同期储蓄的增长速度快,这说明是消费者的选择权和技术革新共同抵消了其他因素,比如需求导致的价格上涨,形成通货紧缩。

利率对通货膨胀的影响从表面上看是明显的,因为利率会影响市场中的货币总量,但在本质上是有限的,因为利率的变动不能动摇人们的欲望。货币的供应量不是物价上涨的根本所在,而是人们的欲望在导致价格的上涨。卖方总是利用自己的定价优先权,以及消费者在市场中与卖方的信息不对称,来实现卖方对利润的更高追求。即使在货币供给和需求相一致时,人们的欲望依旧存在,卖方会想尽办法来提高价格,从而获得更多利润。对此在经济发展的历史中我们有例证。当 1999 年欧元区的各国在将自身的流通货币由原先的法国法郎、德国马克等变为欧元的过程中,欧洲中央银行并没有在此过程中扩大货币供应量,但欧元区各地的零售商还是在价格变动的时候进行了涨价,比如法国的一些零售商将原先标价 10 法郎(当时 6.55 法郎等于 1 欧元)的商品,标价为 1.6 欧元。这种情况在当时的欧元区国家内是非常普遍的。经济中的细节表明,人对金钱的欲望是每一次价格变动的内在本质。

三、存在与表现

归根结底,通货膨胀的原因在于人们的欲望。当卖方的欲望,因为一些经济因素的允许,比如货币数量大于原先市场的货币数量,而商品数量没有变化时,卖方就可以利用信息不对称等优势,更大规模地实现自身对金钱的欲望。当市场中的经济因素,普遍有利于卖方时,一个经济体就会发生通货膨胀。反之,在经济活动中还存在一个相对的欲望,即买方希望商品以更低的价格出售的欲望,当市场中的因素更有利于买方欲望的实现时,经济就会发生通货紧缩。

哲学上的"存在"与"表现"在经济社会中是这样的:存在的是人们的欲望,当外在条件允许存在的欲望得以表现的时候,就会表现出经济中的现象,比如通货膨胀。穿过了通货膨胀的表面原因,即货币数量,我们便分析出通货膨胀的本质原因。主宰通货膨胀或通货紧缩的原因是人们的欲望。

不要轻视对通货膨胀本质的分析,因为这将在经济学中决定我们以什么方法来解决通货膨胀,并且决定我们是否可以最终解决通货膨胀。

卖方在经济发展的历史中一直主动提高价格,引导通货膨胀,这是诱发通货膨胀的原因。

我们以前认为货币供给的增长促使了通货膨胀,以及其他的例如需求拉上的通货膨胀、成本推进的通货膨胀或者由经济周期而引发的通货膨胀,不过是通货膨胀在经济中的表面原因。通货膨胀的根源是人们的欲望,当经济中的总货币供给量上升时,卖方主动提高价格就会由于货币量的上升而被市场接受,就此形成通货膨胀;当经济运行促使需求上升时,相对于需求的供给紧张就使卖方有了提高价格的时机,由此形成需求拉上的通货膨胀;当经济中的成本因工资上涨或者原材料市场价格上升时,卖方也会因为保卫自身的利益而将成本转嫁到消费者身上,形成成本推进的通货膨胀;当经济因为经济周期的原因处在过度繁荣或者萧条时期时,前者会提高社会的消费信心指数,使卖方的定价优先权最终形成通货膨胀,后者会降低社会的消费信心指数,使买方的选择权获得优势,促使通货膨胀下降或者形成通货紧缩。

用"人们的欲望"来解释通货膨胀的构成原因,包容了以前所有学派对通货膨胀的解释。理论的重要性不取决于一时对经济的成功解释和控制,而在于在长久上是否能够对所有的经济情况作出合理的解释和必然性预计。

第三节　通货膨胀对经济的影响

通货膨胀被广泛认为是一种社会灾难。尽管各国的财政官员对通货膨胀万分关注,但对价格的上涨却一直闪烁其词,对通货膨胀的实际成本,则几乎任何的大众媒体都从不愿提及。

一、对成本的影响

让我们来看一下一则报道,以便从与我们日常生活相近的事实来开始了解通货膨胀对人们的影响。

今日特别报道:600 万第纳尔买一个巧克力棒

罗格尔·瑟罗　撰写

南斯拉夫,贝尔格莱德。在卢纳商店,一个巧克力棒值 600 万第纳尔。或者至少这是店经理在看到今天夜晚他老板发来的传真之前的情况。

短短的一则通告指出："物价提高99%。"这家店在世界其他地方只能算是一家小本经营的店,正因为如此,店里的电脑不能处理三位数的变动,要不是这样,物价甚至应该上升100%。

到现在为止,这是店经理尼科利克先生3天内第二次提高价格。他用拖把挡住门,以防止讨价还价的顾客进来。电脑在标签纸上打印出新价格。店经理和两个助手忙着把纸撕下来并贴到货架上。他们以前是把价格直接贴在物品上,但物品上贴这么多标签,让人很难弄清哪个是新标价。

4个小时之后,拖把被从门口拿开。顾客进来,擦擦眼睛看着标签,上面有多少个零。当电脑打印出另一种商品价格时,尼科利克本人也看着,这是一台录像机。

他自言自语:"是几十亿吗?"准确地说是20 391 560 223第纳尔。他指着自己的T恤衫,T恤衫上印着一个词"不可思议",这是店经理曾经卖过的一种水果汁的牌子。他指出,这句话是对塞尔维亚难以置信的经济形势的绝妙写照。"这简直是疯狂。"他说。

除此之外,你还能如何描述它呢? 自从国际社会对塞尔维亚实行经济制裁以来,通货膨胀率在该国至少每天是10%。如果把这个数字换算成每年的比率,则会有15个零——高到没有任何意义了。在塞尔维亚,在凯悦酒店1美元换到1000万第纳尔,在共和国广告上急需用钱的人要换1200万第纳尔,而在贝尔格莱德地下社会控制的银行里要1700万第纳尔换1美元。塞尔维亚人抱怨说,第纳尔和卫生纸一样不值钱。但至少在目前,卫生纸还很多(还在生产)。

据说隐蔽在贝尔格莱德一条道路后面公园中的政府印钞厂正

在一天 24 小时印刷纸币第纳尔,以试图与加速的通货膨胀保持一致。反过来,无止境地印第纳尔又加速了通货膨胀。相信只要发钱就能安抚反对者的政府,需要第纳尔来为关门的工厂和机关中不工作的人发工资。它需要钱购买农民的农产品。它需要钱为走私掠夺和其他避开制裁的方法筹资,以便运进从石油到尼科利克店里的巧克力棒的每一样东西。它也需要钱支持在波黑和克罗地亚的塞尔维亚兄弟打仗。

(资料来源:The Wall Street Journal, August 4, 1993, p. A1)

企业不经常变动价格是因为改变价格需要增加成本。调整价格的成本被称为菜单成本(menu costs),这个词来自餐馆印刷新菜单的成本。菜单成本也包括印刷新目录和清单的成本,为决定新的价格的人力成本,把这些新价格表和目录送给中间商和顾客的成本,以及为新价格的商品做广告的成本,甚至还包括处理顾客对价格变动而抱怨并可能投诉企业的成本。通货膨胀增加了企业必须承担的菜单成本,而这一不必要的成本增加最终会转嫁给消费者,即消费者在购买商品或服务时,支付了不必要的额外成本。

二、对生产效率的影响

菜单成本的出现相对于整个经济而言,会使经济的整体生产率降低,因为在投入不必要的这样的成本同时,也包括投入了不必要的劳动(比如新闻中说,"4 个小时之后"才换好了价格,"将拖把拿走"),使原本从生产、交换到消费的劳动量由原先的 X,变为 X+A(A 为增加的不必要劳动量),而商品仍然只有原来的效用和价值,这样,经济整体的生产效率因而是下降的。

三、对利润分配的影响

一般来说,所有商品或服务的平均利润是 35%,因而相对目前美国一年 3% 的通货膨胀,典型的美国企业在维持利润率方面所做的,是大约一年改变一次自己产品的价格。典型的美国企业调整价格是一年一次,但是并不是说这种类型的美国企业,都是在一年中的某一天一起共同调整价格。不同商品的价格调整是在一年中的每一天来调整的,即不同商品的价格可以在一年中的任意时刻变化,而不是在一年中的某一天共同变化一次。普通消费者的工资在一年中通常只上涨一次,而不同商品的价格上升分数在一年中的每一天,最终在一年的经济数据中形成既定的通货膨胀,于是在这一年中,消费者薪水的上涨滞后于物价的上涨,也就是说,消费者的固定薪水买到了相对较少的商品或获得较少的服务。从 1975 年至今的名义货币工资与价格上涨的数据中(www. bls. gov Bureau of Labor Statistics),可以看出名义货币工资总是滞后于价格的上涨。少量的通货膨胀对市场中的卖方而言,确实能够带来更多一些的利润,从而促进投资者进行投资,但这种类型的利润却是从消费者身上获取的不正当"通胀利润",这是在市场中对消费者的一种间接损害。

由于现实生活中,普通消费者通常又是小股东,那么企业的收益最终不是转还给了股东,这其中也不是包括了普通的小股东吗?我们说,经济中的问题,必须透过许多表面的现象,来找到问题的本质。

2004 年,作为美国总统,共和党人布什在国会发表演说时提到,巴菲特的投资公司只缴了应缴税款的三分之一。在国会这种场合提到巴菲特公司的问题,当然有其政治目的。其中的原因是因为巴菲特支持民主党。巴菲特当然很着急,于是他在自己公司的股东大会上演讲时,说 GE 公司只缴了应缴税款的 15％。

虽然现在大多数的消费者同时又是股票的持有人，但是股票给少量股票持有人带来的红利，通常只有做账前利润的 15％。税前利润又被称为做账后的利润，由于利润是要缴税的，所以每个公司的利润在做账前与做账后都会有巨大的差量。对一般的企业而言，税前利润通常只有做账前利润的 15％（投资公司由于投资于证券和一些无法在做账时抬高成本的事情，在做账时抬高成本就很难，因而税款占利润的比重会高于平均率），而税前利润（做账后利润），在上税后才会用来分配红利，分配给一般的小股东。

关于做账这件事是这样的：比如在某市中心有一块土地，总面积 3000 平方米，每平方米价格为 10000 美元，在这块土地上盖个总建筑面积 60000 平方米的 40 层商务楼，建造费用为每平方米 300 美元，建造好之后按市场价格建筑面积每平方米平均是 3500 美元。这样企业在其中得到的利润是（60000×3500－3000×10000－60000×300）＝162000000 美元，企业不但用比较少的钱得到了这样一幢中心商务区的办公楼，而且还将这一不动资产进行折旧，法律上规定房产的折旧年限是 16 年，3500 美元/每平方米×60000 平方米＝210000000 美元，每年光是在成本中折旧一项就可以计入 13125000 美元。在做账中，企业将这幢楼的投资收益变为资产而非利润，并且将资产进行折旧。于是投资收益变为成本，企业可以将利润转变为成本。

谈一下有关折旧问题，有一家公司在用买下的钢铁公司做折旧（在对炼钢炉等厂房、设备重新评价后买下钢铁公司，之后按实际价值再对钢铁公司的资产进行折旧计入公司运营的成本），使集团公司的年利润率降到 2％。在税务报表上，利润变为了资产，同时又是成本。另外绝大多数国家的政府允许企业将一部分利润用于投资，并对允许范围内用于投资的利润免税，这样,利润就直接变为投资中的资产。这种将利润变为成本的现象在世界任何地方都是一样的,利润的大部分最终不会分配给小股东,利润的大部分会变为企业资产。

当然公司有时候还会做一些假账,这也不是个例,比如世通(Worldcom)、安然(Enron)等有名的公司就是如此。对于股票的持有人,企业做了账就意味着可分配利润的减少,分配给每个小股东的红利也就相对减少,虽然公司的利润最终看上去是被分配给了包括小股东在内的所有股东,但分配给一般小股东(同时也作为市场的主要消费者)的红利只占总利润的一小部分。通胀利润最大的受益者是企业,它们把利润中的大部分,通过做账,变为了企业自身的资产,利润因此被大股东所控制,而消费者和小股东则受到了损失,其中也包括通货膨胀所造成的损失。

四、对储蓄和个人税后收入的影响

通货膨胀对广大储蓄者有很大的影响。随着价格上涨,存款的实际价值或称为购买力就会降低。那些口袋中有闲置货币和存款在银行的人,会因此受到一定的损失,有时候损失是严重的。另外,个人所得税是一种累进税,即达到一定的收入额度,就必须缴纳更多比例的税。由于法律具有一种特性,即它的稳定性,这是法律之所以成为法律的原因之一。立法者制订税赋法律通常并不顾及通货膨胀,已有的任何一部法律中,并没有要求个人所得税的累进标准与每年通货膨胀共同上升的条文。另外,在许多国家,税收部门都是有指标的,它们必须每年完成一定量的税收收入才能得到相应的奖金,税收部门也从未希望去改变个人所得税税率随时间变化而不变的特点。因此,随着通货膨胀,个人实际所缴纳的所得税就会不断增加。并且我们可以假设,每月收入为100到200货币单位时,税率为5%,200到400货币单位时为10%。如果 A 的月收入为200货币单位,个人所得税为 5 货币单位。那么一年后，生产率上升 3％，通货膨胀为 5％，个人收入的上升比例如果是 8％，即 A 的月收入为 216 货币单位，而他(她)所要缴的个人所得税为 (200－100)×5％＋(216－200)×10％＝6.6 货币单位。扣除通货膨胀，与去年相比实际缴纳的税为 6.6×95％。如果没有通货膨胀，他(她) 因为个人劳动付出的增加而引起的收入增加，个人所得税只需要缴纳 (200－100)×5％＋(200×103％－200)×10％＝5.6 货币单位，6.6×95％＞5.6。即通货膨胀相对增加了人们个人所得的税收负担。在制订个人所得税税率时，政府应该考虑到通货膨胀这一因素。当然，这几乎不太可能，因为政府是因通货膨胀而带来税收增加的受益者，并且，政府通常是"负债累累"。图 3-3 是美国南北战争以来的价格，图 3-4 是美国政府的债务占国内生产总值的百分比，从中可以看出，作为"债务人"的政府在通货膨胀的过程中总是受益者。

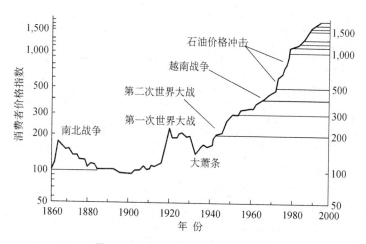

图 3-3　美国南北战争以来的价格

(资料来源：U. S. Department of Labor, Bureau of Labor Statistics.)

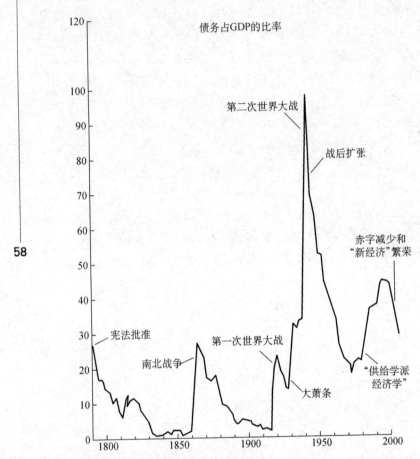

图 3－4 美国联邦政府债务占国内生产总值（GDP）的百分比

五、可能导致经济的崩溃

在超速的通货膨胀（hyper inflation）时，人们还会采取减少储蓄的办法，即减少货币的持有量。因为在超速通货膨胀时，个人在银行里的存款会飞快贬值，像 1993 年塞尔维亚这样的通货膨胀，会很快使普通老百姓一生的积蓄变得所剩无几。这种情况会使社会的弱势群体受到无法挽回的损失,即产生巨大的经济不平等。在人们减少货币持有量的过程中,人们不得不快速跑去商店和银行,为此人们不得不承受"鞋皮成本"(shoeleather costs),因为经常跑银行或商店会使你的鞋底的皮磨损更快,当然,这通常是指为减少货币持有量而承担的所有所需时间与个人平时所拥有的方便。

超速的通货膨胀(也称"恶性的通货膨胀")其实导致的是经济崩溃。在恶性通货膨胀时,随着价格持续上升,居民和企业会产生对通货膨胀的预期,这种预期会使一些经济体中的所有人相信物价会再度持续飞速攀高。这样,人们就不会让自己的储蓄和现行收入去等待时间,因为等待时间,即等待贬值。人们会在价格上升前把自己的储蓄和收入花掉,从而产生过度的消费购买,由此导致的是货币的周转周期变短,使流动中的货币总量急速上升,从而进一步加剧已经恶化的通货膨胀。这一非真实以至不合实际的需要,会使储蓄然后是投资减少,使经济增长率下降。因为经济增长中来自于投资的部分需要储蓄或相类似的资本来源。随着通货膨胀加剧,生活费用上升,劳动者会与企业主谈判要求提高工资,他们不但会要求工资比过去的价格水平高,而且要求以下次谈判前可以预料的通货膨胀的变化水平来提高工资。于是企业增加生产和扩大就业的积极性就会降低,并逐渐丧失。同样的情况也会发生在批发业、零售业和其他所有的经济部门中,于是人们产生了对通货膨胀的预期,经济体中的所有人都要求对预料中的通货膨胀进行防御。这样的预期会使通货膨胀陡然上升,并很快将导致人们完全丧失对货币的信心,此时,货币就不再能执行它作为交换媒介和储藏手段的职能。这时,任何一个有理智的人将不愿再花精力去从事财富的生产和正当的经营,由此的最终后果是投机活动盛行。正常买卖中的等价交换,经济合同的签订和履行,税收部门对经济中经营实体的审计等,都将无法正常运行,直至此时,通货膨胀导致了经济崩溃。

六、对就业的影响

国民经济的产出水平是随着价格水平的变化而变化的,就业率也会随着价格水平而发生短暂的变化。

随着通货膨胀的出现,国民经济的产出增加。需求拉上的通货膨胀的刺激,可以促进产出水平的提高。许多经济学家坚持认为,温和的或称爬行的需求拉上通货膨胀,对产出和就业将有刺激扩大的效应。这种论点是值得商榷的,因为第一年的 5% 通货膨胀率一旦为人们所预期,那么第二年 5% 的通货膨胀率就不会对经济有任何作为,第二年必须以 10% 的通货膨胀率才能产生与第一年相同的对产出和就业有刺激扩大的效应,由此而来的 10% 的通货膨胀,就不再是温和的爬行中的通货膨胀。通货膨胀几乎对长期经济运行没有任何作用,这在近几年的西欧各国中非常明显。比如 2002 年、2003 年的法国,通货膨胀率一直是 2% 左右,但是法国的名义经济增长率大约是 2.5%,这实际上意味着法国实际的经济增长在有些月份是负的,事实上正是如此。实际上,扩大货币供给量对消费、投资、政府购买的推动以及经济产出的影响是很短暂的,并且这样的经济产出的增加最终是以普通消费者口袋中钱的相对减少作为结果的。其实真正的需求拉上的通货膨胀,是指因为经济增长本身所带动的经济产出的增加,促使了原料价格水平的上升,影响了整个物价指数,而不是指物价水平的上升会导致经济产出的增长。简单地说,是经济增长对资源稀缺性的挑战,形成了通货膨胀,而不是通货膨胀对经济增长有实质作用。

经济学者弗里德曼和其他一些经济学者认为,2% 的通货膨胀率是可以接受,并可以促使经济有所增长的。事实上,由于我们通常用名义 GDP 来计算经济增长,而名义 GDP 的统计,使消费者因通货膨胀带来的损失不反映在 GDP 的变化上(GDP 计算的是产出,不是居民实际收入),但企业因通货膨胀而产生的收益则计入了 GDP。看来,这是统计上的一种不足。看上去,当年的社会总产值是上升了,但是从社会的总财富上分析,社会并没有因 2% 的通货膨胀而增加社会的总财富,因为企业的 2% 的通货膨胀收益与消费者的 2% 的通货膨胀损失是相互抵消的。经济学存在的目的之一是为了促进经济增长,即提高社会的总财富(并且维护其他目标),而不仅仅是提高社会的账面 GDP。

第四节 通货膨胀的分类

经济学家已经把通货膨胀划分为不同的类型,对通货膨胀的划分有如下几种。

如果把物价上涨速度作为分类标准,通货膨胀可分成爬行的通货膨胀、温和的通货膨胀、急速的通货膨胀和恶性的通货膨胀。但要精确地划定这四种通货膨胀在数值上的界限是困难的。爬行的通货膨胀一般指物价上涨不越过 2%—3%,同时不存在经济对通货膨胀的预期状态。爬行的通货膨胀被以往的经济学家看作是实现充分就业的一个必要条件,一些经济学家宣称,这样一种速度的通货膨胀能够促进投资,从而提高就业率。当然,理论上的这种通货膨胀在实际中从来没有解决充分就业问题。这一种通货膨胀被称为"有益无害的通胀",但事实上它是通过企业向个人收取"通货膨胀税",来促进企业投资,这样一来,个人的劳动成果以每年 2%—3% 的比例被企业占有了。

经济学者一般把 3%—10% 的通货膨胀称为温和的通货膨胀,而两位数的通货膨胀是急速的通货膨胀。恶性的通货膨胀是指物价水平每月以 51% 以上的速度攀升,即这个月的 1 美元到下个月时只值 66 美分或更少,这就意味着物价水平在一年之内上升 100 倍以上。在恶性通货膨胀中,货币丧失了作为价值储藏的功能,并且部分丧失了交易媒介的功能。这种超速恶性的通货膨胀在第一次世界大战以后的欧洲许多国家曾发生过,比如 1921 年到 1924 年的奥地利和波兰,1922 年到 1924 年的德国,1921 年到 1925 年的匈牙利(具体数据可参阅 Thomas J. Sargent, "The End of Four Big Inflations", in Robert Hall ed., Inflation, Chicago: University of Chicago Press, 1983, pp. 41 - 93)。

从 1921 年到 1925 年,这上述欧洲四国的货币总量与通货膨胀的对比中看,货币量的变化与物价水平的变化几乎是平行的,但在通货膨胀的后期则不是。以往,经济学家对此就得出了通货膨胀与货币量直接成比例关系的结论。但如同在物理学中,牛顿定律无法解释水星近日点的偏差,而相对论可以对此作出完美的解释一样,经济学作为一门科学也要求对微小的偏差有理论上的正确解释。在实际经济中,货币量变动与物价水平变化是几乎平行的,但不是绝对平行的。经济学必须对此偏差作出解释。对此的解释是,由人们的欲望出发,为了保护个人的利益,人们会采取对通货膨胀进行预期以及其他保护自身的行为,即买卖双方间由各自利益驱使的行为,促成了通货膨胀或通货紧缩。在 1921 年到 1925 年上述欧洲四国通货膨胀的后期,货币供给量依旧是扩张性的,但是人们对通货膨胀的预期已经结束,所以这时政府扩张性地发行货币,就不再能促使物价继续持续上升。

如果以对通货膨胀的预期作为分类标志,可以把通货膨胀划分为已经预期的通货膨胀和未预期到的通货膨胀这两种。引入预期因素是通货膨胀理论在 20 世纪 70 年代的重大进展。如果通货膨胀是突发的,未被预期到的,那么,货币工资的增长会滞后于物价的上涨,从而使利润增长,至少会短暂地具有一种扩大就业、扩大总产量的结果。如果通货膨胀事先已经被完全或适当地预期到,那么,各经济主体就将按其预期来调整其行为,比如工会在物价上涨前就要求增加员工相应的工资,这样,通货膨胀在短期内的扩张效应将不存在。

那么对通货膨胀的预期,以及就此产生的行为的起因是什么? 这一点非常重要,因为寻找原因是解决通货膨胀的必然方法。对通货膨胀进行预期,并预先应对,是人们为了保护自己,使自己的经济利益不受损失作好准备。由对通货膨胀的预期而产生的行为,则是人们直接保卫个人的经济利益,而保卫个人利益不受损失,即是维护个人欲望最重要的方式之一。所以,人们的欲望是人们对通货膨胀进行预期的原因。欲望是一切经济行为的推动力之一。

63

以通货膨胀的原因来划分通胀,可以把通货膨胀分成需求拉上的通货膨胀(demand pull inflation)、成本推进的通货膨胀(cost push inflation)和结构性通货膨胀三类。把通货膨胀看成由实际因素或货币因素造成的过度需求引起的物价上涨,这是需求拉上的通货膨胀。假如通货膨胀是由于特定集团,比如工会,行使其在市场中对劳动市场的影响,工会促使员工工资的上涨,这一提高工资上涨率水平的持续存在会使总供给函数转移而引发通货膨胀,这样的通货膨胀是成本推进的通货膨胀。如果通货膨胀的起因是由于特定的经济制度,控制系统、信息系统和决策系统的结构因素或这些结构的变化造成的,那么这样的通货膨胀属于结构性通货膨胀。

需求拉上的通货膨胀指一般物价水平的上升是由于商品市场上的过度需求拉上。这一通货膨胀模型把一般物价水平的上升归之于用于投资、政府购买、消费以及出口,这些以货币计量的对社会资源的需求,超过了按原先价格可以支持的市场供给,而不得不抬高价格来促使市场重新开始走向平衡。需求拉上的通货膨胀发源于两大类因素,即实际因素和货币因素。实际因素,比如资本边际效率上升从而投资需求增加,出口需求增加,进口需求下降,增加政府支出或增加关税从而消费需求增加等。货币因素,比如货币供给增加或货币供给不变条件下货币需求的减少。

成本推进的通货膨胀,指物价水平上升是由生产成本提高而产生的。它又可细分为工资推进的通货膨胀和利润推进的通货膨胀等。工资推进的通货膨胀的原因在于劳动市场的垄断者,比如在西方主要是工会,会运用它所掌握的市场权力,通过集体谈判的形式要求增加工资,资方因惧怕工人罢工而避免正面对抗,于是同意增加工资,而将工资的上升计入成本转嫁到消费者头上,由此形成产品价格上涨,从而产生通货膨胀,不论此时需求方面是否存在过度需求。利润推进的通货膨胀产生的原因是不完全竞争市场中的厂商对利润的追逐,他们如果利用其垄断地位来提高价格,为获得高额垄断利润,而使产品价格上涨,这样也会形成通货膨胀。除工资和利润上升,原材料和能源等涨价也会促使成本提高,以至形成通货膨胀。

如果以经济模式中市场机制起多大作用作为分类标准,那么可以把通货膨胀分成开放性的通货膨胀和抑制性的通货膨胀两类。如果市场机制对物价的调整作用是充分的,有效的,那么一般物价水平就是总供给和总需求的函数,任何过度的需求(商品或要素的缺口)都将表现为物价或货币工资的上升,这种通货膨胀被看作是开放性的通货膨胀。如果政府对价格进行某种形式的控制,使物价与市场供求脱离关系,过度需求便不会引起物价水平上升,或者即使物价上升而并不持续到足以反映过度需求的真实水平,这时的通货膨胀被称为抑制性的通货膨胀。在抑制性的通货膨胀中,过度需求不会因政府对价格的控制而消失,而是转化成商品短缺和供应紧张,形成隐蔽的通货膨胀。抑制性的通货膨胀严重到一定程度时,物价最终还是会突破限制而形成滞后性的上涨。

第五节 控制通货膨胀的困难性

过高的通货膨胀不利于社会的稳定,而相对较低的通货膨胀也同样会损害消费者的利益,所以应该抑制通货膨胀。

以往对通货膨胀的控制,主要是通过提高利率和减少政府支出来实现的,这两个方法的最终结果是,提高利率使投资减少,减少政府支出则减少了社会总需求。这两者在短期内都会造成经济增长减速,以及在短期和长期上造成失业率上升。我们当然不会仅仅针对通货膨胀而采取措施,在一般情况下,政府对经济采取措施是为了提高经济增长速度,或者给过热的经济降温,以避免形成泡沫经济。但在"通货膨胀"这一章里,我们可以专门讨论主要针对通货膨胀的控制办法。

实施降低通货膨胀的措施是要付出代价的。实施这些降低通货膨胀的反通货膨胀政策要付出多大的代价呢?有关的研究表明,降低通货膨胀率的代价,会因为不同的国家、不同的政策或者不同的初始通货膨胀率而不同。一些经济学者对美国的反通货膨胀代价进行了研究,结论是一致的。他们对反通货膨胀的研究表明,使惯性通货膨胀率每降低 1 个百分点,就会使每年的 GDP 减少 4%。而就目前的 GDP 水平来说,使惯性通货膨胀率降低 1 个百分点的代价,大约为 5200 亿美元的产出损失(按 2005 年美国 GDP 计算)。

我们可以用菲利普曲线对这样短期的反通货膨胀政策进行估算,因为菲利普曲线表明的是短期的通货膨胀与失业率之间的关系。如果菲利普曲线相对比较平坦,则降低通货膨胀率就要以较高的失业率和产出损失为代价;而如果菲利普曲线比较陡峭,则失业率小幅上升就会带来通货膨胀快速下降,因而相对来说,降低通

65

货膨胀率的代价会比较小。统计的分析表明,当失业率在一年当中高于非加速通货膨胀的失业率的时候,通货膨胀率将会下降大约 0.5 个百分点。因此,若要使通货膨胀率降低整整 1 个百分点,失业率就必须在一年内持续地高于"非加速通货膨胀的失业率"(NAIRU)2 个百分点。

奥肯法则表明,当失业率高于非加速通货膨胀的失业率 2 个百分点的时候,实际 GDP 就将比潜在的 GDP 下降 4%。我们就以 2005 年美国的 GDP 来分析,要让通货膨胀率降低 1 个百分点,就可能必须使当年的失业率大约提高 2 个百分点。于是,降低 1 个百分点的通货膨胀率所要付出的代价是:[2%(2 个百分点的失业率)+2%(失业率高于 NAIRU 时 GDP 下降的百分比)]×13 万亿美元 GDP=5200 亿美元。用另外一些方法的计算则表明,降低 1 个百分点的通货膨胀的代价,大约在 2500 亿美元—7000 亿美元之间。

我们可以通过美国在 20 世纪 70 年代末至 80 年代初所经历的通货膨胀率的下降,和这期间潜在 GDP 的产出损失,来对估算的结果做出合理的验证。因为在这些年中,通货膨胀率的变动导致人们无法对通货膨胀作出确切预期,由此菲利普曲线可以适用。

当年的通货膨胀率:

1979 年　9%

1984 年　4%

NAIRU 为 6% 时的潜在 GDP 与实际 GDP 的差异(2005 年价格):

1980 年　1500 亿美元

1981 年　2100 亿美元

1982 年　4800 亿美元

1983 年　4800 亿美元

1984 年　2300 亿美元

总计:15500 亿美元

反通货膨胀的代价＝15500 亿美元/5 个百分点＝每个百分点 3100 亿美元(13 万亿 GDP)

计算的结果表明,在不同的国家,不同的经济政策和不同的经济初始通货膨胀率的情况下,每下降 1 个百分点的通货膨胀率,反通货膨胀的代价在 2500 亿美元—7000 亿美元之间是正确的。

国　家	比率(%)	国　家	比率(%)
澳大利亚	1.00	日　本	0.93
加拿大	1.50	瑞　士	1.57
法　国	0.75	英　国	0.79
德　国	2.92	美　国	2.39
意大利	1.74		

表 3-1　预计平均牺牲率

(通货膨胀率每下降 1% 所丧失的潜在产出的百分比)

(资料来源:Laurence Ball, "How Costly Is Disinflation? The Historical Evidence", Business Review, Federal Reserve Bank of Philadelphia, November-December 1993.)

反通货膨胀中最重要的被争论问题之一,是政策信用的作用。一些经济学家认为,政府可以用其信用和公开宣布政策的方式,如公开宣布保持货币供给的稳定或制订名义 GDP 目标等,在产出和失业率方面都可用比较小的代价来达到抑制通货膨胀的目的。

这一想法是基于如下的事实:通货膨胀是一种取决于人们对未来通货膨胀进行预期的惯性的过程。一项信用货币政策,如预告强制确定一个固定的低通货膨胀率目标,会使人们预期未来的通货膨胀将会比当年下降,而这种信念在某种程度上往往可以成为人们预期自我行为的目标。另外,一些经济学家认为,货币制度改革或财政政策改革,也可以实现以比较小的失业率或 GDP 产出损失的代价来降低通货膨胀率。

认为信用会显著地降低反通货膨胀的成本,这显然是不充分的分析。因为并非是人们对通货膨胀的预期导致人们要求上涨多少量的工资,而是人们的欲望要求工资上升,对所有人来说,工资上升得越快越多就越好。在一般非恶性的通货膨胀情况下,如果使用硬性的和预告宣布政策的方式来推行降低通货膨胀的方法,因为经济中的人握有自由意志,则人们不会因为政府宣布硬性的通货膨胀率而改变自己对欲望和利益的追求。与信用相比,财政政策或货币政策的改变在有些情况下是更为有效的。

收入政策在早期曾被广泛地采用过,它是指政府采取的一种直接缓和通货膨胀的行为。这些行为可能是通过政府公开劝说、法律控制或者其他一些举措来进行。在美国、英国、北欧一些国家以及其他国家,都曾经采取过这样的行政或接近于行政性的手段。但由于人们出于自身的利益考虑(即人的欲望),政府强制的价格管制措施往往是无效的。而且,除非伴随着严格的财政政策和货币政策,否则价格管制措施很少能够放慢价格的上涨速度。

另外,经济学家们还鼓吹市场战略。这种方法以信赖市场的自然法则来控制工资的增长。主张实行这种战略的人强调应该解除产业的政府管制,消除不合理的反托拉斯法和零售价格规定中妨碍市场竞争的因素,废止诸如最低工资立法等禁止竞争的政府法令,禁止由工会垄断工资谈判。特别对于开放经济体而言,最重要的反通货膨胀政策之一,是鼓励国际市场间的相互竞争。这些加强市场力量的政策,可能会有利于抑制工资和物价的上涨,尤其是在不完全竞争的劳动市场和产品市场上,作用可能更大。但是国家间的贸易壁垒从 17 世纪重商主义时代,即亚当·斯密完成

《国富论》(经济学的诞生)时开始,一直到现在都存在,是有其原因的。先前政府认为此举会因此失去本国的财富,后来政府认为会提高失业率,会使政党在选举时失去选票。经济是以金钱的运动来实施哲学,而政治是推行并维护哲学的社会体制,政治是现实利益的哲学,经济的运行必须合乎现实利益中的哲学,即政治,所以完全的国际竞争市场是不可能以现有的政治哲学在经济中运行的。

通常,经济学中要实现一个目标,控制两个问题,即实现经济增长的目标,控制通货膨胀和失业这两个问题,如果控制通货膨胀如以往经验的那么合乎估算,要花费这么许多钱,这势必会影响到其他的经济目标的实现。何况我们的理想目标是没有通货膨胀,于是我们在花费了钱之后,却没有完全地控制并消除通货膨胀。控制通货膨胀是一个世界性难题。

第六节　对通货膨胀新的控制方法

历史已经证明,对货币供应量的调节或者财政政策的改变,通常并不能够完全使通货膨胀的下降获得预期的结果,或者在降低了通货膨胀的同时也降低了就业率,降低了经济增长率,而降低通货膨胀本身是为了使经济更有效地运作,更公正地分配。降低通货膨胀的同时,如果提高了失业率,那么穷人会越穷,这便是社会分配不平等的另一种形式;如果降低通货膨胀的同时,也降低经济增长的速度,那么经济运作效率的上升速度也会降低。这些显然不是政府和民众所期望的。

明白了通货膨胀的真正原因,我们就可以找到简洁有效的方法来控制通货膨胀。由于在以往的历史中是卖方的定价优先权一直导致了通货膨胀,损害了消费者的利益或者偶然威胁社会的稳定,所以我们应该从约束卖方的定价优先权开始。

在前苏联时期,通货膨胀在统计上几乎不可察觉。实际上在前苏联时期,该国的通货膨胀几乎不存在是一个事实。这是因为在计划经济的体制下,厂商没有定价的优先权,价格是由政府制订的。在卖方没有定价优先权的情况下,卖方就无法主导价格上升,所以前苏联就基本上没有通货膨胀这一问题。但是在自由市场经济体制中,我们不可能剥夺人们的欲望,而且欲望是所有经济行为的推动力,淡化人们的欲望也是前苏联经济最后停滞的原因。所以消除卖方的定价优先权,即实行计划经济是行不通的。

通货膨胀的真正原因是人们的欲望,但在市场中,经济发展的历史告诉我们,导致价格上涨的决定性因素,是卖方的定价优先权和卖方相对于买方的信息优势,所以要控制通货膨胀就需要使通货膨胀的条件不充分,即二个条件中的一个不成立。人的欲望是一直存在的,卖方对价格进行提高,我们也不能通过行政的干预来抑制,事实是,我们抑制不了人的欲望。对于解决经济问题,采用行政手段是行不通的。但政府可以要求:在市场中,卖方与消费者(或称为买方)之间达到信息的对称,即政府强制规定卖方公开成本和其他与价格相关的信息。在信息相互对称的情况下,买方的购买选择权将足以抗衡卖方的定价优先权,从而用经济中的权力(买方的选择权)来制衡权力(卖方的定价优先权),达到抑制通货膨胀的目的。这是权力制衡在经济中的运用。在历史中,起初政治上没有对统治权的约束,因而有"绝对的权力导致绝对的腐败"的情况,后来行使三权分立,很好地使政府权力受到了制衡。在经济中,不受约束的定价权导致价格在历史中不断被抬高,因而经济中也需要权力之间达到制衡。

为什么信息公开足以导致买方的选择权对抗卖方的定价优先权呢?因为在通常的交易中,卖方是利用买方对交易的信息弱势,来诱导买方接受较高的价格,而买方之所以接受相对较高的价格是因为没有了解到产品真实的成本。而如果买方知道了交易的商品的成本,那么卖方最先提出的价格如果高出成本过多,则买方有权拒绝。由于信息的对称,导致买方在价格较高时可以选择放弃此价位的交易,这样就使买方的选择权能够平等地与卖方的定价优先权抗衡。诚然,同时政府应该做好反垄断工作,防止在信息公开的情况下因市场被垄断而价格被抬升。

信息的相互对称也就是卖方的信息公开,通常来说,卖方的信息公开主要针对审计报表而言,内容包括固定资本与流动资本的数额,以及由此形成的商品边际生产成本,买方可以根据商品边际成本来决定在相应数量下的商品价格。市场中的信息公开要求我们进行认真的实践,我们既不能没有信息公开,也不能使相对的商业秘密公开,让卖方吃亏。在公开企业人力成本时,我们也必须注意个人收入保密的重要性。

第七节 对价格上升控制的区分 以及最优货币理论

在第一节中,我们对休谟二分法的修正,导出了这一节中对价格上升控制应该区分对待的问题。

正是因为价格的上升可能同时意味着一件商品或一项劳务在劳动价值上的提升,并且这样的价格上升很可能是劳动价值的首先上升所引起的,比如小麦蛋白质含量的提高是由于育种学家的劳动,由此使小麦的市场价格上升。所以对价格上升的控制应该进行区别对待。如果实际的劳动价值上升,就应该支持商品在市场中的价格上升,如果实际的劳动价值没有变化,对商品价格在市场中的变化就应该进行分析、控制。

对于劳动价值没有发生变化的产品,比如石油,应该限制它的价格上升,因为它的价格上升只会引起通货膨胀。对于劳动价值上升的商品,则应该允许它的价格上升。这是因为,第一,因市场价格机制而来的价格上升会鼓励人们进行创新劳动,促使产品的品质上升;第二,这种形式的价格上升,其实就是实际国民生产总值在上升;第三,这样的价格上升并不会造成社会分配不公,相反,劳动价值本身提高而价格不能同时得到相应变动,则是一种不公平的分配方法。这三点,即说明了市场价格机制促使人们进行创新性劳动,创新性劳动提高了社会总体的产值。由此最优货币政策就不是弗里德曼在他早年所认为的每年通货膨胀 5%,也不是弗里德曼后来所认为的每年通货膨胀 2%。这样最优货币政策就变为:在商品或劳务交易数量不变的情况下,与总的商品或劳务价值的变化而同步变化的货币量。即如果商品或劳务数量不变,总的商品或劳务的平均劳动价值在一年中上升了 5%,那么正常的物价就应该被允许上升 5%,即中央银行应该使货币供应量增长 5%;如果在一年中,商品或劳务的数量上升了 3%,单个商品或劳务的劳动价值平均上升了 2%,那么正常货币量就应该上升为 $1.03 \times 1.02 = 1.0506$。这样的货币供给在理论上能够达到控制价格上涨带来的分配不平等,也能够通过价格上升来提高生产商的积极性。由于历史数据显示 100 多年来企业利润率并没有发生很大的变化,所以,原来价格为 100 货币单位的商品,在经过技术创新后,卖到 105 货币单位,在利润率不变的情况下,总利润就上升,这样便会提高生产商的积极性。没有这样的价格激励是导致前苏联经济最终停滞的原因之一,因为这样的经济模式无法激励创新。正如弗里德曼所认为的那样,在 1.0506 货币供应量的基础上,再加 2% 的货币供应量是不合适的,因为经济增长本身是由科学技术、管理思想等所推动的,通货膨胀绝对不会推动经济总量长时期的发展,而只会造成分配的不平等。

第八节 社会特殊情况引起的通货膨胀

这是一个经济中的扩展问题,即犯罪对经济的影响。

在经济中,人很难愿意下降自己的生活水平,除非发生了战争等人所不可抗拒的突发事件。在经济中,人们通常会尽力维持现有的生活水平,即便遇到了一时的经济损失,人们通常总是选择相对地减少储蓄,而不是下降自己的生活水准,即人们的消费水平取决于永久性收入,而不是一时的小额损失,这个论点已经由弗里德曼论证了。所以在遇到犯罪行为,即财产被侵害时,人们会适当地减少一些储蓄,而罪犯,则通常会尽情地挥霍非法所得。在罪犯将犯罪所得用于消费时,由于钱来得容易,所以他们通常不会考虑商品或服务的价格,将犯罪所得用于市场交换的行为,会促成商品或服务的价格上升。

如果社会中偷窃、抢劫的犯罪情况非常猖獗,那么犯罪就会很明显地危害到经济,使经济既处于不公平的分配中,又因为受害人没有减少消费,而是减少储蓄,犯罪者则扩大了消费,从而导致消费总量上升,形成需求拉上的通货膨胀。

第九节 利率与通货膨胀

通货膨胀率越高,一般来说利率在名义上就越高。在实行自由市场的国家都是这样做的。市场自由程度越高的经济体,例如美国,越是在名义利率上与通货膨胀率保持平衡。

实际利率是在全球资本市场上由投资需求和储蓄供给所决定的。投资需求和储蓄供给取决于实际利率,而实际利率的调整使投资计划与储蓄计划趋于相等。名义利率由每个国家货币市场的货币需求与货币供给所决定。货币需求取决于名义利率,货币供给由中央银行的货币政策决定。而且,一国的名义利率调整会使货币需求量等于供给量。

由于实际利率是在全球资本市场上决定,而名义利率则在每个国家的货币市场上决定,所以这两种利率之间并不存在紧密而必然的联系。一般平均而言,通货膨胀率上升一个百分点引起名义利率也上升一个百分点。在现实经济中之所以不是这样,而是以接近相等的方式,使名义利率随通货膨胀率而变化,是因为名义利率是各国中央银行对过去各月或几年中的数据进行判断,并且对未来经济进行预期后决定的。与之相比,通货膨胀率则直接取决于市场的变化。各国中央银行对名义利率的调控有滞后性和对未来预期的不准确性。这是名义利率与通货膨胀率在变化量上偏差性的由来。当然,在非完全自由市场或市场经济程度不高的国家,通货膨胀率与名义利率之间的关系还会受其他因素的影响,比如行政干预等。

第四章　资本、利润、土地、利息与劳动所得

第一节　基本概念

资本或资本品(capital or capital goods),是指在进一步的生产中被作为生产性投入的事物,也包括专利和专有技术等。只要是以生产性的方式投入并且进一步再生产的事物,就是广义上的资本。广义上的资本也包括人力资本,人力资本是指人们在其教育和培训过程中积累起来的有用和有价值的知识、技能与判断能力,人力资本是所有资本的基础和源泉。

第二节　控制通货膨胀引申出的问题

在"通货膨胀"一章中,我们假设当商品所含的劳动价值上升2％时,市场中这种商品的价格也同样上升2％,这样,在市场中就继续保持原来的等价值交换,由此我们通常所称的由通货膨胀而引发的经济中的分配不平等就不会存在。但是问题在于,如果商品的价值与价格上升了2％,而为其提升劳动价值的劳动者的收入没有上升,或者劳动者的所得没有相应地上升2％,那么在经济中,由于价格与工资收入的不联动现象,最终还是会导致分配不平等现象继续存在。从整个经济来看,如果整个经济在一年中生产

出的每个商品的平均价值上升了 2％，每个商品的平均价格也同时上升了 2％，但在一年中，生产工人的工资没有上升，那么，劳动者的实际工资与实际创造的劳动价值的差额的大部分，就被控制企业者，即大投资人占有。当然也需要认识到，工资在合同中是固定的，但在实际中，企业可以根据工人的实际劳动效益来发放奖金，但是奖金相对于实际新增长的劳动价值的比例，在实际经济中不是以劳动价值新增比例为标准来发放的，发放奖金是由控制资本的人的意愿来决定的。这是一个很严肃而且非常复杂的问题，不在关于通货膨胀的讨论范围内，它是"资本"这一章的内容。

定价优先权和对价格的控制权在市场中是普遍存在的，比如在南美的可可或咖啡市场中，雀巢公司等大公司总是利用自己的优势地位，对巴西的种植小农生产出的可可和咖啡压低收购价格。市场优势，不仅存在于垄断行业，它存在于几乎所有的行业，因为市场中的各个群体可以进行比较，因此相对的优势与相对的弱势总是存在着，从哲学观点来说，市场中的相对优势与相对弱势是必然存在的。在交易中，总有一方占有信息、垄断或其他的优势，哪怕仅是一点点，由此就可能在交易时占据主动，这是普遍的现象。

而在劳动市场中，如果企业是按准确的劳动时间或数量来为员工发放薪水（包括奖金），那么反过来推导，劳动价值是劳动量的函数，导出的是企业会按劳动价值来给劳动者付薪水。从这一点来分析，企业购买的不是劳动力而是劳动价值，企业如果按个人劳动的产量来给付薪水，那么企业购买的就是劳动价值。事实上，在世界上的绝大多数地方，工人的薪水都是与劳动量成一定关系的。当然这样的关系是否就是等价交换关系，是一个值得探讨的问题。

我们在"价值与价格"这一章中已经阐明，价格是买卖双方在达成交易时对交换价值的认同或妥协，在劳动市场中，由于要面对失业（谁都知道找不到工作意味着什么），所以劳动者为了养家糊口,面对比较低的劳动价格交换只能采取妥协的办法。薪水不等于劳动者劳动价值的原因,是因为在大多数交易的情况中,劳动者处于弱势,而企业占有对劳动的定价优先权和是否雇用劳动者的决定权,所以可以决定价格的支配权,由此形成不等价交换。世界上到处都存在着优势群体和弱势群体,这并不奇怪,但对于经济学来说,这是经济中的不公平现象。情况往往是,在劳动市场中,对劳动者的劳动价值进行评估的不是劳动者本人,而是劳动的购买者,所以在对劳动价值的实际评估中,就会出现低估劳动价值或高估劳动价值的情况,有时是有意的低估。

第三节　资本和利润

77

　　就如同果树的基因会使果树结出果实一样,资本也有一种性质,即它会追求利润。但是果树如果没有阳光、水、空气以及其他要素,就不能产出果实,光有基因是不够的。资本也是这样,虽然追求利润是它的本性,但如果没有劳动、生产原料和其他生产要素以及市场,资本本身是不能创造出利润的。阳光给果树带来能量,果树利用光合作用将光能转化为化学能,使自己生长,开花,结果。在果树结果的整个生物过程中,阳光是最重要的。因为植物吸收的是溶解于水的养分,而吸收水和水中的养分要求植物顶部叶面进行蒸发作用,以带动水在植物内部的运动,使养分运送到植物的各个部分,而蒸发作用需要能量,即光能。

　　资本创造出利润也是这样的,无论是原料的开采、采集,还是对原料的加工,以及市场的营销,都需要人的劳动。资本本身并不会创造利润,而是原始资本通过劳动转化成了新的资本形式——这是表面现象。真正的本质是,劳动将资本、原料和市场相互结合、联系,创造了新的劳动价值,而在投资人控制的企业中,投资人将新产生的劳动价值减去初始劳动价值的投入,得到劳动价值量的增量,称为利润,并把它转变为新的资本。资本本身并不创造利润,是劳动创造了新的价值。

那么为什么说劳动价值在劳动市场中是不等价交换呢?资本持有人会说,我支付的薪水与你付出的劳动是等价的,没有另外的剩余价值存在。说得好,我如果作为投资人也许也会这样说。但事实并非完全如此,让我们来分析一下。

事实证明,在实际经济活动中,最重要的是现实的支配权和使用权,而不是名义上的所有权。从法律的角度来说,所有权是对物的一种支配的权利,但是对企业而言,众多的小股东根本无法对企业的厂房、设备等资本品进行支配,虽然名义上,小股东有对财产的一定比例的所有权,但小股东的唯一权利是卖出自己买入的股票(并非卖给企业,而是卖给其他新股东或旧股东),而不是卖企业本身。小股东是没有对企业资本和资本品的支配权的,他们仅有对企业利润的分享权。而所有的企业都会将一年中利润的一部分进行再投资,政府也会对一定比例的再投资给予税收的减免(各国不尽相同,中国为 40%),因而,企业利润的一部分会因为投资而成为企业的新的资产,小股东对这样的新资产是没有支配权的。所以即便对于一个由员工持股的公司而言,小股东或其他对企业没有支配权的股东能分享到的,只是做账后的并且是税后的利润。从支配权的角度来说,无论账面利润是否增长,只要企业的实际资本在增长,资本就产生了利润。前面已经分析了,资本本身不会产生利润,没有劳动,资本永远不会从原先的量变化出其他任何的价值量。资本本身的由利润而来的增长必然有一个源泉。它是不是来自于小股东利润的损失?不是。小股东投入的也是资本,小股东的资本不会因为资本量小而产生资本所不能产生的利润。在实际经济中,只要参与交换,被市场认同为有价物,那么这个有价物就一定是对劳动价值的主观评估的结果,无论它本身包含的劳动价值多么少,它被评估出的劳动价值多么大(捡到的黄金被运到市场也得支出劳动,开采出的石油在地底下是没有劳动价值的,但在石油的开采过程中要付出劳动),因此经济中的一切有价格事物,即包括一切有形的或无形的物品或劳务,都是劳动的结果。对企业而言,它的有形资产的增长,也一定是劳动的结果。因此,只要企业的资产增长了,无论它是否在账面上营利或亏损,企业一定是占有了人的劳动。经济中对政府的资产分析也一样,政府财产的增长也应该予以正确的分析。

至于企业是如何做账的,当然需要对普遍的做账情况进行阐述。假设企业的资本是100,在计算方便的情况下,设一般的企业年平均利润是35%。通过做账,第一,企业抬高成本,使利润项下的收入转变成为企业的资产,资产又折旧计入成本。第二,企业通过合理的避税,将获得的利润再投资,将税前利润的一部分变为新的投资额,即企业的新资产,这样企业需要交税的利润就变成5%,在此基础上扣除30%的税,可分配的利润变为3.5%。这种做账的方式是普遍存在的,如果你不信,那可以尝试通过各种途径去调查、问询会计业的工作内容,就可以了解世界上的企业是如何把利润即劳动价值转变为资本的。

在分析了资本占有劳动价值之后,那么只要往前推导,不就可以推出资本在什么时候,即经济中的什么环节开始占有劳动价值,并把它最终转变为利润了吗?这是很简单的事,只要分析哪里有劳动付出,就可以通过分析得出在某一环节上劳动是否被占有。因为从哲学推理来说,存在劳动的地方才会有劳动的被占有。但问题并没有这么简单。

资本由一种形式转变为另一种形式,再最终形成利润,无一处不包括着劳动的参与,所以在具体上说,资本占有着劳动。对于资本而言,新增长出的资本到底是占有了管理者(有时同时是大股东)的管理劳动,还是劳动者的劳动,或者专利发明者的脑力劳动,是不确定的,事实上这是无法用数学方法计算出的。从自由市场角度而言,人们的主观判断决定着市场中的价值交换价格,一样事物的劳动价值到底是多少,是由市场决定的(当然市场有时会失灵,造成工资不等于劳动所创造价值的情况),人在企业中创造的劳动价值对市场而言到底值多少,取决于理性市场(理想状态下的理性市场)的判断。企业支付给劳动者的薪水,存在着低于其本身创造的劳动价值的可能性,但并不能就此说企业或政府支付给劳动者的薪水,在每一次支付中都低于劳动者所提供的劳动价值。在统计上或在实际的计算中,只能计算出资本一定是占有了劳动价值,但不能确定地说是占有了管理者(如果管理者本身也是大股东)的劳动价值,还是占有了最底层劳动者的劳动,也不能确定资本占有了管理者劳动的比例比较多,还是占有了底层劳动者的劳动价值比较多。其实这也是一个价值与价格的问题,即劳动创造的价值相对于理性市场是既定的,但是市场中的劳动价格可能高于或低于劳动所创造的价值。唯一能够肯定的是,如果投资人没有参与企业的管理或企业中的劳动,由此而来的投资人的收益一定是占有了别人的劳动价值。但问题又出现了,如果投资人运用脑力劳动做出了正确的投资选择,由此而来取得的投资收益也是脑力劳动的一种结果。事实上,巴菲特就是这样使自己的财富增长的。在管理者的劳动中,比尔·盖茨也参与公司软件的设计,在微软公司创立时,他有时每天工作 20 个小时,后来他主要设计程序的大方向和产品营销,这同样也是劳动,而且在程序设计中无法解决的问题通常他还会亲自去解决。微软公司的资产上升,很难说是公司占有了普通员工的劳动多(他们也是股东,微软公司培养出了 1000 个百万富翁),还是占有了盖茨先生的劳动多。我们在理论分析上唯一能得出的结论是,资本会占有劳动。而且在另一个方面,自己没有资本的人比如一些国家的公务员,并不能说明薪水比自己付出的劳动价值少,例如在 2006 年,中国公务员的工资与市场中其他劳动者的收入相比就高得离奇。马克思所反对的资本主义,也是指那些不劳而获的投资人,这些人当然是无偿占有了他们的劳动,经济中的这类现象是分配中的不公平。如何解决分配的不公? 这是一个问题。

在经济的微观运行中,单个企业利润的来源,也与宏观经济上没有什么本质的区别。

第四节　劳 动 所 得

利润是劳动新创造的价值的一部分,因此如果在扣除利润之后对个人支付薪水,那么每个人的劳动价值就不一定等于他所得到的收入。

另外,个人劳动创造的价值并不以是否为企业带来利润为准。因为如果由这一点来判断决定劳动价值,那么一旦企业由于管理者管理不善,或投资判断失误而没有为资本最终带来利润,普通劳动者的劳动将没有价值,普通劳动者会因此没有收入。事实上,如果投资判断失误使商品没有市场,是由管理人的判断错误而引起的。如果企业的管理者因为对企业管理不善,而使成本升高,总账面成本大于利润,这些亏损是管理人做了没有价值或负价值的脑力劳动(脑力判断可能是错的,就如拿破仑判断错误导致滑铁卢的失败一样)结果,管理者应当承担责任。普通劳动者已经在自己的岗位上按照雇主的要求,付出了对于市场而言是有正确目的的劳动,创造了市场中所认可的劳动价值,应当有劳动所得。比如3家平板电视机生产企业中有2家盈利,另1家由于管理者决策失误导致亏损,而在3家企业中普通的劳动者都投入了相应的劳动,在此情况中,并不能说亏损企业中的普通劳动者的劳动没有价值。在第一章中已经讨论过,人会做好一件事,也会做出错误的事。做好一件事,在经济中就会被市场认可,形成市场认为的价值。比如劳动者按照要求完成了工作,并被市场认可,形成市场价值,就可以得到他相应的薪水;在做出错误事情的时候,对经济和经济学而言,就会产生负价值,比如劳动者因在汽车零件装配中的失误而会被扣奖金,或者因投资人的投资判断失误,导致投入的资本损失。

对于经济中的劳动者的劳动价值到底是多少,人们通常是以函数 $V = f(W; s, c)$(第二章第二节)来计算的,即劳动价值指的是有正确目的的劳动的函数。但在企业支付给劳动者薪水的时候,劳动者本身和企业往往忽略了"正确目的"这一重要因素。对经济而言,重要的是正确的目的,只有被市场认可的有正确目的的劳动才能被市场认定有劳动价值,非正确市场或经济目的的劳动可能不创造价值,错误的劳动则产生负价值。然而在企业与员工的薪水支付上,企业通常注意的是员工的劳动时间和劳动强度。对于"正确目的"这种创造重要价值的因素,企业和个人在达成劳动合同时,都无法确定员工工作对市场而言的正确程度,所以企业一般在这一项上采取低估的方式,这一点在专利技术即企业的研发中特别明显。对于一个成功的企业而言,重要的专利技术已经构成企业运转和营利的根本因素,但是劳资双方在就业上的不平等,导致企业对员工智力劳动的价值被低估,导致薪水与实际劳动价值的不相等。虽然只有大约 5% 的专利技术最终被运用于生产并营利,但对于这些营利的专利技术的发明者而言,企业却没有因为智力劳动创造了更多价值,而把专利技术的营利能力与员工的创造性劳动挂钩。相反,企业则控制了员工在工作中发明的专利。企业的理由是,企业投入了资本,全面支持了研发,因而研发出的专利应该属于企业。但是,资本本身并不会创造价值,它也更不会创造出专利,是人的劳动创造了价值,也包括创造了专利。所以,对于工作中产生的因专利技术而带来的收益,在公平分配的原则上,企业对于员工应该支付更合理的报酬。

　　要使社会以更公平的方式来分配劳动成果，即要使社会中的个人劳动所得更合理，还是有办法的。这是整个经济在历史中存在的问题，从奴隶制，到封建制，从资本家不劳动的资本主义经济制度，到现在超阶级的社会(每个人都可以是一个小股东的社会)，个人的劳动所得都有了较公平的分配方式。虽然有时也会有倒退，比如工业革命开始时期的英国工人实际工资一直在下降(从每周5英镑下降到每周1英镑)，但整个历史的前进趋势是不容置疑的。解决劳动的分配问题，将使我们进入新的时代，这并不像以往一样需要革命，而只需要社会的改革。改革可以分为四个部分进行，这四个部分是相互协同的。

　　第一，要解决好对劳动成果即做账前利润的支配问题。

　　政府为了鼓励投资，由此对部分的利润再投资时实行税收减免，而企业将这部分再投资的利润在做账时也同时作为财务中的非利润部分，不对小股东进行利润分配，小股东对这部分劳动成果失去了支配权。鼓励投资当然是重要的，但是我们可以用另一种方法来取得同样的效果，即在国民经济中储蓄等于投资，消费同时也会促进投资。对于企业而言，它可以将利润再投资，但如果将这部分利润分配给各个股东，那么股东自己也会选择投资、储蓄或进行消费，而储蓄总量等于投资，同时，当这一部分货币被运用于消费时，也会同样地促进投资。因而，即便是把所有做账前的利润都进行了分配，那么股东也会把这些钱储蓄起来或消费掉，也会最终促进社会的投资，并且会将社会带入一种更合理的经济增长模式，即消费性的经济增长模式。这一方法同时解决了对劳动成果的分配问题。

　　第二，企业的净资产增长，必须通过发行(自愿的情况下公开或非公开都可以)新的股票来实现，而对利润的自由支配是股东的权益。

　　企业可以发行新的股票，但必须先将所有的利润进行分配。

利润的再投资可以通过利润先分配,再发行新股票,然后再投资。这一选择权是很重要的。政府应该取消对利润再投资的税收减免,这样政府还可以增加税收收入。在做账中,还必须根除做账中的企业要使资产上升,其利润因成本上升而下降的情况。或者说,不仅要对利润征税,而且要严格监管、控制企业的资产变化。做账这种事情在世界各地都一样,如果有哪位经济学者不相信做账中存在着众多"奥妙",那么我们可以建议他亲自去世界上最优秀的会计师事务所干上一段时间,那么他会深知企业是如何通过做账使自身的资本增长的。当然这不是商业秘密,它是世界性的惯例。如果没有政府对正义的支持,个人行动是无用的。如果我们希望世界能进行更公平的分配,那么一定需要政府来对做账规则进行调整。

举个例子来说明。设企业原有净资产 100 万美元,股份 100 万份,一年中净资产上升为 130 万美元,这一净资产的上升是通过在市场中公开发行股票来实现的,一年中利润为 35%,这 35 万美元在税后将进行分配。如果按照现在的企业资本运营方法,则会计做账时,实际利润 35 万美元将会变为两个部分,即会计账面利润为 5%,折合 5 万美元,其余 30 万美元利润已经变为净资产。当然结果是一样的,但过程不一样。在利润为 35 万美元时,净资产的上升是通过公开发行新的股票来实现的,原来的股东对 35 万美元的利润有全部的支配权,他们可以将每股的收益,进行消费、储蓄或投资。但在账面利润为 5 万美元时,可分配的利润就小了,这是对股东权益的侵犯。其实这不仅是对股东权益的侵犯,由于每次都只分配利润的一部分,其余的利润都变为新资产,同时由于大股东控制着企业,由利润转变出的新资产也就被大股东控制,所以,利润中的大部分最终被大股东控制和支配。按每年利润的 30% 都再投资来算,每次分配的利润为 $0.05 \times (1.3)^a$,相比之下另一种方式每次分配的利润为 $0.35 \times (1.3)^a$。利润如何分配,在实质上因方法的不同结果是不同的。事实上,巴菲特之所以如此富有,不是因为他只买卖股票,而是因为他的投资行为是坚持买下整个公司,或者控制一个公司。

第三,使所有人成为股东。

由于在实际中存在着对劳动的不同评估,由此导致支付劳动报酬时可能存在不公平,从而最终使资本能够占有劳动结果,所以,应该使每个劳动者成为利润的分享者,即要使每个劳动者都成为股东。虽然小股东分配到的利润比较少,但在第二点中我们已经提出了对利润分配的新方法。这是在金钱运作哲学的情况下最好的分配方式了。因为每个人都是有欲望的,要消灭资本主义是可以的,但消灭人的欲望是办不到的,对金钱的欲望是推动哲学运作的最好方式之一。从历史的经验来看,从封建社会向资本主义社会的变革,是通过使普通农民得到土地,使农民既成为土地的所有者,又是土地产出的收获者来实现的。在这个过程中不是消灭土地的所有者,而是转变土地所有者与土地产出之间的劳动投入与产出分配关系来实现社会前进的目标。对于资本这一生产要素,也是这样,即我们需要一种合理的劳动投入与产出分配之间的关系。哲学理念与人的主观欲望会一直共存,自由市场经济由此看来将是一种比较高效的运作方式。当然,并非所有的人都这样认为,在2006年早些时候进行的调查表明,认为自由市场经济是最好的体制的人,在美国是71%,英国是66%,德国是65%,中国是74%,其中中国是自由市场经济的最大支持者(原因可能是老牌市场经济国家的民众生活在自由市场经济体制下时间太长,认为"此山不比那山高")。从这些数据可以看出,并非所有人都支持自由市场经济,但是对在金钱流动中运作哲学而言它能够相对地被更多的人所接受,因而是更可行的。所以,用金钱推动哲学,即资本推动哲学,是一种较好的方式,在这种方式下使每个人成为股东,是进行更公平分配的一个好方法。

对于使所有人成为股东这一点,必须做好宣传工作。法国大革命之所以能够取得比较完全而彻底的胜利,是因为在大革命之前已经对自由、平等、博爱进行了充分的宣传。经济是用金钱的运动来运行的哲学,而只有相信了一种哲学,人们才会去支持并运作它。法国大革命的成功是因为人们都相信了自由、平等、博爱。要在经济改革上推行人人持股的方案也需要进行大力的宣传,要使人们相信持有市盈率低的股票不仅可以使其获得高于储蓄利率的收益,而且可以获得经济上的平等。举个例子,2008 年中国不少股民之所以反对企业在股市中融资,反对将自己的储蓄变为股票,其中原因之一,是因为政府没有大力宣传股票的优点。

第四,税收调节机制。

由于社会中存在着机会不平等,出生于富贵或贫穷家庭所造成的不平等,这些问题会最终造成社会各阶层收入的不平等,而这样的不平等并不能通过以上三个方面措施来得到调整,因此需要引入税收调节机制。

政府之所以可以收税是因为经济是哲学的运作,而政府是用来维护一种哲学的组织,为了维护哲学的运作和防范自身哲学的被颠覆,政府需要资金的支持,而征税是获得这一支持的重要来源。虽然自由市场经济本身不能解决贫富之间的不平等分配,即大投资人得到相对有利的收益,小投资人得到相对较小的收益,但政府可以对收益进行调节。政府可以通过累进税的税收方式对收益较多的个人征收比例更大的税,而对社会底层的人则提供政府补助,包括转移支付。个人收益应该包括所有的金钱等价物,其中也应包括个人实际掌控的企业资产的上升,个人已执行的股票期权等,即所有的收益都要纳入征税的考虑范围。通过累进税制度可以补足经济中的不平等,即在机会上的不平等、信息的不对称导致的不平等,初始投资资本的不平等导致的收益不平等,以及其他的经济中的不平等。

如果实现了经济分配中以上几项新方式，那么不仅会开创经济的新时代，而且也将开始政治的新时代，因为对利润的新分配制度将使原本倾向于大企业的政府转而倾向于民众——在民主制度中，政党的竞选资金大部分由大企业提供（美国共和党的竞选团队中就有一个企业［筹资］团队）。以往的分配制度导致政府在各方面向企业倾斜，甚至导致在司法上向企业倾斜——平民在美国很难告倒大企业，在新闻界也很难看见有报道大企业缺陷的情况。因为经济是政治的基础，经济决定着在其上面的政治的本质。而当民众成为资产的实际支配者时，企业对利润是没有支配权的，它们无权将利润捐赠给政党（而现在企业可以这样做），政党得到的捐赠将不再来自于企业，而是来自于民众，即将企业捐赠变为利润分配后由每个股东各自捐赠。比如通用电气公司将不再向政党捐赠，而是由通用电气的每个股东各自捐赠。导致的结果将是，本来通用电气的公司捐赠使执政党向企业和企业的行为倾斜，而每个股东的各自捐赠将导致执政党向个人和个人权利倾斜，单笔捐赠的金额将变小，捐赠的次数，即人次会上升，政府就此必须考虑更多人的利益。由此政府的本质就从大企业的政府转变为民众的政府。这将会是跨时代的进步。

为什么企业购买的是劳动而不是劳动力？劳动力指的是人的劳动能力，即人能够用于物质资料生产的体力和脑力的总和。劳动与劳动力既有联系又有区别。劳动是劳动力的使用或支出。对经济本身而言，人的劳动的能力，对经济来说没有任何用处，劳动的能力在哲学上指的是人的劳动的潜能，即人可以干什么。价格是指在市场中交易双方对交易对象的价值认同或妥协，价格是主观对客观价值的认识，对市场的交易而言，是对有形物或事的价值的评估过程，当交易达成时，有两点已经是事实，即：第一，交易对象的价值已经存在；第二，对价值的评估已经达成共识或已经达成妥协。在哲学上这是存在的两个必要条件。薪水是市场对一种事

87

物的价格,它必须已经包括事物价值的存在,和对价值评估或妥协的存在。劳动力是一种潜在的能力,它在哲学上不是一种既定的存在价值,因此,从哲学上来说,它不可能是经济市场的交易对象。从微观上再分析,对企业而言,它是被金钱驱动的,追求利润是企业存在的目的。比如在企业的投资中,它有对营利的期望,而在实际运作中,企业的投资以购买实物资产、土地、设备来进行,即企业购买的是实物而不是对未来的预期营利(企业的计划是预期营利)。同样,在企业购买劳动时,在计划中,企业期望通过此种购买会为企业创造一定的劳动价值。如同在投资中购买的是实物一样,企业按劳支付的薪水,意味着企业购买的是劳动价值,而不是劳动潜能。

可以举个例子,在现实社会中个人的收入往往取决于人在企业中干什么工作,而不是个人的劳动潜能如何,比如博士毕业的人,在美国如果运气不好,并且没有一点裙带关系的话,也可能干洗碗的工作,雇主支付给其的是洗碗的劳动价值的薪水(以一天洗多少只碗付酬),而不是博士的劳动潜能(劳动力)。所以无论从哲学上还是从实际中分析,企业购买的是员工的劳动价值,而不是劳动潜能。

此外需要指出的是,在专利技术的问题上,由于许多企业都有自己的研发部门,企业通过雇用员工进行研发,而按照所有企业的惯例,员工在工作中或称之为职务中发明的专利,专利权是归企业所有的。这一情况中,企业是按照员工工作的复杂性、劳动的强度和劳动的时间来支付工资的,即 $V = f(W; s, c)$。至于企业与员工在达成劳动价格时,双方进行了哪些妥协,双方对员工自身的劳动价值的评估到底是多少,则会决定劳动的交易价格,即实际支付的工资。专利技术是劳动者劳动的结果,而不是劳动力。比如在汽车生产中,工人的劳动是在装配线上组装某几个零件,而所有流水线上的工人劳动的结果是制造出汽车。在汽车厂中,企业购买的是每个工人的劳动价值，企业得到的结果是各种劳动价值之和，即汽车。在这一情况中，员工很难评估自己的劳动价值到底是多少（包括流水生产线的成本、用电费用、管理成本、生产线上劳动者的劳动价值、汽车设计成本、试车成本等等），因此普通劳动者在劳动交易中往往处于劣势。对于专利技术在企业里的研发也是一样，企业购买的是员工的劳动，得到的是有劳动价值的专利权。

当然，必须指出，企业支付的薪水到底是否等同于员工的劳动价值，是一个疑问。有时候，一项专利技术会给企业带来巨大的利润，而大多数专利技术则不会被运用于生产中（大约 95％的专利不会被投入到实际经济运作中）。对这一段叙述，得出的结论是：企业购买的是劳动价值，但每笔劳动交易中，购买价格与实际劳动价值之间可能是不平等关系。

为什么会有"劳动力"这个词？因为在 19 世纪资本家宣称，他们支付的薪水购买的是劳动，因此不存在剩余价值，即不存在剥削。同时先贤认为价格会最终等于价值，因此，如果资本家宣称他们支付的是劳动的报酬，那么在理论上就会形成报酬等于劳动付出，即报酬等于劳动价值，这样就不会有剩余劳动价值，就没有剥削。为了分别出劳动价值与剩余价值，"劳动力"这个词被提了出来。事实上，在本书中，由于运用了哲学观点，指出由于信息不完全、信息不对称等因素会造成主观认识与客观存在之间的差距，分析了在总的经济中资本占有劳动价值情况的存在，并且通过购买劳动而非劳动力得出直接的结论，因此"劳动力"这一词是可以不要的。需要注意的是，资本是占有劳动价值的，账面利润是劳动价值的一部分，所以资本占有的可能是底层劳动者的劳动，也可能是高层劳动者劳动，他们可能都是企业的股东。但相对而言，小股东的利益会受大股东的控制——其实世界上的事都一样，并不是只有在经济中以大欺小。但因通货膨胀而来的企业资产上升和企业利润,一定是被大股东占有的。可见,剥削指的是不劳动的资本家剥削劳动者的劳动价值,剩余价值指的是这些不劳动的资本家剥削劳动者的劳动而得来的劳动价值。

第五节　资本在未来也会存在

价值转化为价格,是经济学研究的最重要问题之一,但解决这一问题并不意味着资本时代的终结。因为经济是由金钱驱动的哲学,经济在历史中被金钱如此长久地驱动,是因为金钱驱动本身的有效性。经济发展的目的是为了更好地生产,并且更合理地分配,但有的时候,效率和公平是不可兼得的,如果片面地追求效率,就会放弃一些公平。但过分地追求效率又可能使公平被放弃,反过来导致效率这一目标也不能被很好地实现,因为人们一旦处于不公平的分配制度之中,就不会对生产有足够的积极性;如果片面地追求公平,比如放弃资本驱动——即在经济中金钱最主要的表现形式,那么在长期上,经济就不会向更高效的层面发展,这可以用前苏联时期的经济发展作证。所以资本的存在虽然会促使社会公平的不可能实现,但社会本身其实就是存在着不公的,比如裙带关系产生的机会不平等,由于家庭出身导致的贫富差距等等,公平虽然是我们的追求方向,但是绝对的公平在实际中并不存在。用消灭资本的方式,来追求经济中的绝对公平,是一种理想主义——消灭了资本,在经济中依然会有裙带关系,依然会有家庭权势背景造成的不公,这些情况在前苏联非常普遍。金钱给经济带来效率,并且长期的历史经济数据已经表明,金钱资本与实际产出的比例,因为人力资本和技术等无形资本对经济的巨大影响,已经下降,即意味着资本对实际产出(劳动产出)的收益提成已经下降,并且随着人力资本本身的继续增长,经济已经具有了向更公平的分配方式(即资本边际收益率更低)发展的趋势。

事实上,对于由市场驱动(market driven)的经济而言,经济根本离不开资本这一种金钱的形式。不要说离开了资本,经济就会不能高效地生产运作,不能长期保持经济效率和生产总值的上升,即便在短期上,如果不能保证资本的投入会带来资本收益,或者仅仅是不能保证预期收益存在的可能性,那么,你就甭指望华尔街的投资人会拿出1美分钱来。没有了投资人的资本,我们的厂房从哪来,我们的设备从哪来,在经济活动中我们能不花钱雇用到工人吗?没有钱,经济生产根本无法运行。经济不是社会福利。事实上如果没有经济本身在运行,社会福利根本不可能存在。如同没有劳动,经济不会有任何产出一样,没有金钱,经济中的生产技术、管理方法,和人的劳动本身都不会被有效驱动。即便是在前苏联时期,它对劳动者的薪水也是以货币形式发放的,而不是实物。在广泛的经济范畴中,由于生产本身的多样性,导致了人们可实现的欲望的多重性,即需求的多样性。由此简单的物物交换无法满足人们的需求,所以由金钱在经济中运动来驱动经济是必然的。因为金钱能够将社会分工引起的个人生产的单一性,与个人欲望的多样性相配合。这是发放实物所做不到的。因而,自亚当·斯密时代起,经济中开始有了细致的社会分工之后,所以经济必然会被金钱驱动。

第六节　土　　地

对于经济而言,在国内生产的统计中,土地的转让是不被计入最终产值的,因为土地本身不是经济运行的结果。但在实际中,土地却是以某一价格在市场中进行交易的。在一定时期内使用土地而支付的价格称为土地的租金。租金以单位时间的货币数计价。在经

91

济范围内,土地是有价格的,人们必须用一定量的货币去购买土地。

在封建时代,拥有土地者就可以不劳动,地主每年收取农民的地租,可以使其过上不劳而获的生活。中国封建时代的小地主只不过每个月吃一次红烧肉,在现在看来没什么了不起,但他们在经济中却不参与劳动,这是问题关键。现在虽然世界上的大多数农村,农民已经成为自己耕作的土地所有者,但土地本身到底等于多少劳动价值? 这是一个非常简单但很重要的问题,问题的答案是,土地本身没有劳动价值,在交易中,它的价值至多只有交易者带着地契去市场的这一点劳动(也几乎是零)。土地,如同资本一样,没有劳动是不会有产出价值的。一块荆棘地,没有果农的劳动是不会长出果树,结出果实来的。对于天然的野果,它在市场中只包含运输的劳动价值,它的自然产出是不包含劳动的。运输之所以也是一种劳动,是因为运输是一种对市场而言目的正确的劳动,这一点与先贤所理解的是不同的。回到土地问题上,土地的价格之所以明显不等于它所含有的劳动价值,是因为无论是种植农作物,还是兴建金融大厦或发电厂,或者是住房,都需要土地,在经济生活中人们无处都离不开它,由于土地的需求性和稀缺性,导致人们主观上认为它是有价值的。

土地的价格与其劳动价值不等,导致了经济中的分配不平等。对于一个没有土地的人而言,因为有居住的需求,他需要借住房,支付租金,而租金取决于住房的成本,这包括建设成本、所使用土地的成本等。如果支付租金的人是一个普通劳动者,他的所得是劳动所得,那么他支付租金的一部分最终要变为土地的使用费,而土地本身是没有价值的,因此劳动者的一部分收入,最终成为土地所有者的收入。这是经济中劳动成果的分配不平等,在封建时代这一点非常明显。在 19 世纪末的美国,也有人对此提出质疑,在今天,土地在市场中的价格,依旧导致劳动成果的不平等分配。

由于土地本来是自然界的一部分,在最原始情况下,它所包含的劳动价值是零,当人们付出开垦土地的劳动之后,土地包含的劳动价值就是人们开垦土地所花费的劳动。开垦一块土地的劳动量在大多数情况下非常少,因为人们通常都是通过火烧的方式来开垦大片土地的(这种方法还能同时使灰烬作为土地的肥料)。因此,开垦土地的劳动也并不很多,几乎是零。因此用土地去交换劳动产物是不恰当的,特别是在城市中,由于土地的价格非常高,这导致许多没有土地的人支出了自身劳动收入的很大一部分用于支付房租(房租中绝大部分是土地的租金)。在封建时代向资本主义时代转变的历史过程中,农民能够分到自己所耕种的土地,是一次非常巨大的劳动收入平等化的进程。但在今天的经济情况下,土地对于第二产业和第三产业中的劳动者而言,意味着他们要为使用土地而支付费用。要解决土地在第二产业和第三产业中引起的收入分配不平等问题非常难。在自由市场中,土地的使用价格将因为对土地的需求而永远高于土地本身的原始劳动价值含量;而如果土地全部是国家控制,那么国家在出让土地的使用权而非所有权时,依旧会收取费用。由此看来,前一情况会导致劳动收入的分配向私人土地所有者倾斜,后一情况会导致劳动收入的分配向公共部门倾斜。从经济上来分析,没有土地使用价格是不可能的,在我们想出比较妥善的解决办法之前,从经济上看,人们将为土地问题一直进行不平等的分配。也许国家可以将土地的使用费规定得很低,接近于零,不过这样的话,只能要求经济体制是计划经济,也许这是未来理想中的社会可以做到的。如果这样,经济便不再是由金钱驱动的哲学,社会将成为纯理性的社会,这在自然科学和社会科学(即哲学)不再发展,教育也不再提高的情况下或许可以实现,即经济不再发展,因而不再需要金钱产生的在长期上的驱动经济的有效性。但我们现在做不到这一点,我们应该怎么办?

　　另外土地的价格是会波动的,如果土地的价格上涨,哪怕是肥力的变化,也不意味着土地所含的劳动价值的变化,特别是对于第

93

二产业和第三产业中使用的土地。土地的实际货币量上的价格上涨，将导致劳动收入不平等分配的进一步扩大，而土地价格的下降，则可以使收入分配的不平等在程度上降低。

对土地所有人(一般是房地产开发商，因为自罗马时代以来的法律都有一项原则，即地上的建筑依附于土地)收取相对比较高的税，政府通过税收的调节，来保护弱势群体，这是一种方法。对土地的收益进行相对平等的分配方法，是通过全民持股来把公司利润中由土地租金带来的利润比较平均地分配，即用全民持股来分配源自于租金的利润。

第七节 利 息

论述至此，我们也应该研究一下经济中的其他问题，特别是公平和效率问题。比如说，经济中利息的产生，有没有人们的劳动的过程？

这真是个尖锐的问题。但答案很简单：几乎是没有劳动。人们走入银行，把钱存进去，一年之后来到银行，得到本金和利息。其中唯一的劳动是"走到银行"，但这样的"劳动"，它的内容极为简单，它的劳动价值几乎是零。这能带来一年5％(各国情况不一样，这里我们假设为每年5％的收益)的收益吗？100万美元，一年的实际(利率与通货膨胀之差)利息收益是5％，去除税收，得到4万美元的实际净收入，这些钱可以使一个人一年不用劳动，其原因就因为他在一年中，两次走进了银行。

通常人们认为钱可以生钱，但在经济中只有劳动才能创造价值，钱会生钱是人的主观认识，如同资本本身不会创造利润一样，没有劳动，金钱也不会带来收益。那么银行支付的利息是什么呢？银行把储户存入的钱再贷款给需要资金的人，需要资金的人即向银行借款的人,支付给银行利息,而银行再转支付给存款人利息,这是第一环节。对于向银行借款的人,如果是企业,那么企业支付给银行的利息会减少一部分企业的利润,而这部分利润是企业对劳动的节约或剩余劳动,因此利息最终是企业中的劳动者的劳动价值。在另一个情况中,如果企业亏损,那么企业支付给银行的利息就可能是企业的原始资本。资本本身也是经济运作过程中的劳动产物,因而即便企业亏损,利息也是来自劳动者的劳动。当然,银行在运作中也有人的劳动,由此形成的是存款和贷款的利率的利差。但存款的利息,一定是劳动价值的转移;存款和贷款的利差,则可能高于或低于银行工作人员创造的新劳动价值。对于由利息引起的劳动成果分配不公平问题,解决的办法是:可以把借贷资本市场中的这一借贷关系转向股票资本市场,即企业的资本来源不再是靠向银行贷款,而是依靠发行新的股票。这样就可以消除因为利率引起的分配不公平,即取消银行的借贷功能,全面发展股票资本市场。同时企业因为在资本扩张的同时,也可能使股东人数上升,这样,一旦大股东对企业的控制得到削弱,那么就可以在企业内部达到对企业控制的民主化。当然这不是指要在企业的行政运作上民主(因为行政要求高效),主要是运用于对企业的利润分配上,由此解决利息所带来的劳动成果分配不平等问题。

　　银行因为借贷功能引起利率分配不公平,但银行对社会而言仍旧需要,不可能立即消除,事实上可以使银行成为投资银行,让银行在股权的运作过程中得到相应的收益。依靠发行股票来求得利润分配的公平,是一条不错的路,但股票的贬升,也对股民造成一定影响,而不光是只有增益一个功能。可见,在经济中也没有完美无缺的事,到底如何做到效率与公平? 这是一个值得研究的问题,但与其问这样的问题,倒不如让哲学(包括自然科学和社会科学)来推动经济的发展,从而达到新的哲学上的效率和新的哲学理性上的公平。

第五章 经济增长

第一节 国内生产总值

一、国内生产总值

国内生产总值(gross domestic product，GDP)是一个国家在一年内所生产的被市场认同的最终物品和劳务的总价值。国内生产总值并不包括家庭主妇把面粉、鸡蛋、黄油买回家后生产出的蛋糕，因为经济是由金钱推动运行的，主妇的劳务由于没有金钱的驱策，就不被计入经济的总量中。

GDP分为实际GDP和名义GDP，实际GDP是已经去除了单纯价格变动因素的GDP。

二、衡量国内生产总值的方法

衡量国内生产总值的方法有两种：支出法和收入法。收入法与支出法在理论上所得到的计数结果是相同的，因为收入等于支出。

支出法的计算包括了个人消费、社会的总投资、政府购买和净出口。支出法的计算必须注意的是，产品必须是经过市场交易的商品，因为成品的价格与市场的商品价格是不同的，如果产品无法满足市场的需求，即被市场拒绝，它可能一分不值。而企业的存货，往往是在一年中产品供应大于市场需求或不适合市场需求的结果。存货到底有没有市场？如果卖不出去，那么就会像1929年开始的大萧条时期的美国发生的那样,把生产出来的卖不出去的牛奶倒入大海,这时作为存货的牛奶,由于没有市场需求,价格为零。存货到底应该是什么价格,它们到底有没有市场价格? 这是一个非常现实的问题。因此现有的计算方法存在一个缺点,即企业存货是不应该计入国内生产总值中的。

个人消费支出是家庭对经济所产生的物品与劳务的支出。消费支出不包括新住房的购买,这一项因为资产折旧原因而被计入投资项下,虽然在"支出法"中没有资产折旧项。国内生产总值中最重要的组成部分是个人消费,消费支出分为三类:耐用品(如汽车)、非耐用品(如食品)和服务(如医疗保健)。

国内总投资是企业和政府用于资本设备和建筑物的支出,其中包括公路建设和住宅建设。但不包括企业存货的变动,因为企业存货在进入市场之前,是不作为被市场认可的经济运作物品的。

政府购买是指各级政府购买的物品与劳务。这一项包括国防开支与因为垃圾回收而投入的环保费用的支出,但它不包括转移支付。转移支付,例如医疗援助和社会保障津贴,它们是指资金从政府向家庭的转移。

物品与劳务的净出口是出口值减去进口值。

收入法的计算包括了个人总收入、企业利润以及净利息收入和间接税。在收入的计算中必须减去资产折旧,而资产折旧是一个不确定的因素。比如美国纽约帝国大厦现在所使用的发电机是1929年生产的,工作人员说发电机的质量很好,只要稍加维护,它就可以一直运转下去,所以资产的折旧率是个不确定项。另外,在资产折旧中最主要的是房屋折旧,法律规定房屋折旧期限是16年,在任何地方,这样的折旧率(非灾害情况下)都是不适当的,因为一座建筑物可以使用70年或200年甚至更长的时间。政府是为了鼓励投资才定出这样的折旧率的,但对经济计算而言就不是很准确,因为过了资产折旧年限,有不少资产还是可以进行经济生产运作,这一部分"多"出来的资产,如何计算也是一个难题。实现经济运行中的资产折旧是非常难以确定时限的,所以相对于收入计算法,支出计算法在实际运作中计算更为准确可行。

三、储蓄和投资

如我们所知,总产出既可用于消费又可用于投资。一般意义上所讲的储蓄和投资是相等的,但事实上,狭义上的储蓄与投资不相等。比如在企业公开上市的时候,通过卖出公司股票而在市场中募集了 100 亿美元的资金,这些资金不是储蓄,但企业却用这笔资金投资用于企业的固定资产。所以广义上的储蓄也包括在资本市场中的投资,因为根据投资等于储蓄原则,市场中的投资行为其实是一种对收益的追求。如果说狭义上的储蓄仅是指对利息收益的追求的话,那么广义上的"储蓄"可以认为是对追求收益的投资,有时也是一种风险追求(风险投资)。由此,也可以得出这么一个推断,根据当前情况,与其说现在美国人(也指其他市场经济国家)的储蓄减少了,不如说他们现在将绝大部分原本用于储蓄的资金,投入股市中去了,是他们改变了追求收益的方式(股票的资本收益率一般为 5%—8%,由于股票的红利在美国不用上税,而利息要交税,所以资本实际收益高于利息)。

1. 消费与储蓄

现在个人储蓄(personal savings)的目的不光是为了储蓄,人们进行储蓄的目的,在表面上看来是为了积累个人的财富(金钱不被使用其实就体现不出它的价值),但事实上,许多人储蓄的最终目的是为了消费和防范人生的风险(2000 年在美国大约有 3000万人因为例如健康问题等各种原因无法从保险公司购买到人身保险,这些人需要用储蓄来防范风险),或者进行个人的投资。香港著名商人李嘉诚的第一笔投资是 4000 港元,是他当年所有的积蓄。所以储蓄就是指个人可支配收入中用于防范风险、用于未来消费或投资的部分。而消费则是指个人可支配收入中未用于储蓄的那部分。

消费是 GDP 中最大的组成部分。消费的组成中最重要的是住房、食品、医疗和交通。当然在不同国家其内容会有所不同。消费主要可以分为三个部分：耐用品、非耐用品和服务。

对于消费，经济学家提出了永久性收入理论（permanent-income theory）和生命周期假说（life-cycle hypothesis）两种观点。根据永久性收入理论，消费主要取决于永久性收入。这一理论暗示，消费者对于所有的收入变动做出的反应不会都一样。如果收入的变动看来是永久性的（比如被晋升到一个稳定的、收入更高的工作岗位），那么人们就可能会消费所增加的大部分收入。另一方面，如果收入的变动具有明显的暂时性（比如一次性的奖励或财产损失），那么实际收入的相对变动只会微小地影响消费。生命周期假说则认为，人们储蓄是为了熨平生命全程中的收入所可能带来的消费波动。

2. 个人消费与储蓄比率

对整个经济活动而言，市场中的消费情况很复杂。人们在进入交易市场时，头脑中已经决定要买些什么回去，或者已经决定可以花费收入的多少来进行消费，这时他们所关心的就是价格了。而在市场以外到进入市场交易前这段过程中，人们会考虑其他消费内容，比如孩子上学要支付学费，明年的税收税率会不会上升，个人因此应不应该减少消费用以购买股票，或进行储蓄以防明年的实际可支配收入减少等等。人是很奇特的社会动物，他们顾虑太多，而夫妻间的讨论又太长，此外还有很多情况会形成对消费的阻碍；在进入交易市场以后，人们的消费行为有时又会比较盲目，不够理性。所以消费是受很多因素影响的。

通常认为，个人消费量是由多个因素主导的，包括当前收入和长期收入、社会保障等。而社会中整个的个人消费与收入的比率是由两个方面主导的：第一是社会对个人的保障，包括医疗、教育、养老等；第二是社会整体的消费观念，比如 2006 年的美国人更愿意花明天的钱进行消费，而中国人更愿意储蓄。在进入交易市场以前，在经济活动中，人的思想是先于行动的，人对于消费的思想，便是人们的消费观念。世界在不断地变化，由于自 20 世纪 80 年代末以来，企业对股东收益的重视，股票持有人通常每年能通过分配红利得到股票价格 5％左右的收益（主要指美国），所以，股票在今天也成为一种受欢迎但又有风险的储蓄。社会保障和消费观念之间，也有联系，因为人们的消费观念是主观的，主观的消费观念会受到客观的社会保障程度的影响。人们储蓄的最终目的不仅仅是为了储蓄，而是为了进行消费、防范风险或进行投资，而投资本身就会形成对商品的消费。所以，在同等情况下，社会保障在一定程度上的上升，会使人们在储蓄中用于防范风险的这部分资金相应地减少，这部分资金会进入消费领域，从而使整个社会的消费占收入的比率上升。

在国内生产总值相对稳定的情况下，消费的比率越高，需求就越高，在乘数效应下，社会的总产值也就越高。个人的消费占收入的比率受个人实际收入的影响，但反过来，社会的总体消费比率又会在乘数效应下导致国民的总实际收入上升，因此它们两者是相互影响的。那么到底是什么影响了社会总体的消费比率？是哲学思想。哲学既决定企业用什么方式进行生产，也决定政府在哲学的指导下向人们提供什么样的社会保障体系和教育制度，而实施良好的教育制度能使人们在实际的企业生产中可以创造更多的劳动成果，从而提高个人的实际收入。同时，一个时代的哲学思想也决定了人们用什么方式去消费，用收入中的多少比率去消费，由此形成社会的总体消费占收入的比率。

社会保障的资金实际上是来源于个人收入，从表面上看，社会保障的增加会导致个人实际收入的减少，最终使社会整体的消费量不发生变化。但社会保障在经济中的真正作用是保障人们的消费心理和消费观念。消费心理和消费观念的确立与维护,最终将使人们养成一种消费型的生活方式,能对整个经济起到积极的作用。另外,经济中的事情比我们所认识到的要复杂得多,在美国,虽然人们通常说"你没有钱是因为你不够努力",但 2005 年时的纽约市市长布隆伯格(他拥有 50 亿美元资产)也坦率地告诉过大家:"我成功的秘诀在于和有权势的人在一起。"一个人富有,是因为他生活在富人的圈子里,就像小布什的父亲老布什是总统,小布什生活在政治上层核心圈里,他有比别人更多的机会和更大的可能性成为总统。比尔·盖茨的家里很有钱,能让盖茨在 1965 年(他 10 岁,当时计算机非常贵而且少,只有在大学实验室里才有)时学习计算机,然后在他 20 岁的时候(1975 年)创办软件公司。美国法律告诉人们,所有的人都享有同等的权利,但是这在实际的经济工作中并不是如此,不平等现象比比皆是。所以我们在社会和经济中需要社会保障体系,这个体系可以为社会中的弱势群体,为社会中那些需要帮助的人提供保障和帮助。税收制度中的累进税制度可以使社会中弱者得到保障,维持了经济中的公平。在经济学理论上,社会保障制度可以使经济中的弱者的消费观念得到维护,即社会保障的支出虽然在数量上相当于个人实际收入的减少,但它支撑了整个社会的消费观念,从而使社会的消费观念处在一个消费性的方式中,以此使社会的消费总量占收入的比重上升。

3. 储蓄率的变化与投资总量

从长期看,一国资本的增长取决于它的国民储蓄率。国民储蓄包括私人储蓄和政府预算盈余两个部分。当一国的储蓄率较高时,其资本就会迅速增长,从而使潜在的产出能力迅速提高。而当一国的储蓄率较低时,政府用于发展经济的财力下降,从而使它的设备和基础设施就会变得陈旧,甚至重要的基础设施开始变得破旧不堪。

个人储蓄率如果下降,在经济学理论中则意味着可用于投资的资金会下降。在20世纪的大多数时间里,美国的个人储蓄率占个人可支配收入的比例平均为8%,从1980年开始,储蓄率开始下降,到90年代末的1999年,储蓄率已经下降到了可支配收入的2.4%。对于这个问题,经济学中通常有好几种不同类型的解释,但都不尽如人意。从哲学的角度出发,我们能够很好地解释经济中的这种现象。由于哲学的推进,哲学同时使得社会保障体系变得更完善,以致人们有信心来进行消费。对于时代而言,随着科技的发展,借贷更为容易,比如使用信用卡。在实质上,人们的消费占可支配收入比率之所以会上升,主要是因为我们的社会整体的消费观念,即个人消费思想的变化。以前我们是把昨天的钱放到明天使用,而今天则是把明天的钱放在今天使用。对于整个社会的消费观念而言,它的进步当然不是孤立的,在社会保障体系的进步和借贷容易的支持下,人们的新的消费观念可以实现。毕竟社会的各个部分都是相互联系的。此外,对于美国,在20世纪80年代,资本市场的重要组成部分股票市场发生了巨大的变化,企业的重心向股东转移,即股票必须给股东带来足够的收益。这一股票价值与收益的比率,即市盈率,到2000年时,在美国大约为12倍到13倍,在中国香港大约为17倍,在日本大约为70倍,在中国约为200倍。美国的这一市盈率的比率,已经使追求收益的人们将储蓄转向投资于股市,而股票市场本身就是资本市场。因此,从本质上看,与其说储蓄率的下降可能导致资本存量的下降,倒不如说资本市场中的股票市场能够更好地分配资本(例如原有公司配发新股,或者新公司上市会使可用于投资的资本量上升),使资本更好地被运作。这样的做法,其实就是使资本来源从银行储蓄变成为股票储蓄的形式。

4. 投资

社会总投资包括许多方面:私人国内总投资、国外投资、政府预算盈余和无形投资（比如个人通过教育和知识积累而获利的人力资本）。

对整个社会经济体而言，最重要部分的投资是由政府进行的，原因只有一个，即因为投资过于巨大，私人企业根本无法施行。比如在因特网领域，在 1995 年之前因特网只是一个美国军方的内部网络，政府在其上的先期投资从 80 年代开始多达数百亿美元。在比如人力资本和科研的投资上，发达国家政府每年更是花费了国民生产总值的 6%（在美国约为 8000 亿美元）。政府是经济领域最重要的投资人，并且政府的这些投资从经济学理论上说，几乎都是不追求暂时收益的，但是这些投资对经济的长期发展是至为重要的。

对经济体的最大投资来自于私人投资部分，国外投资则只占到很小的部分。在美国，私人投资约占社会总投资量的 70%。

决定投资的主要因素，一般来说是收益、成本、企业的预期和信心。

在需求量足够的情况下，企业的收益是很容易实现的，比如在 2007 年，中国的酒店行业，做账前利润平均约是销售收入的 65%，只要有客人来入住，收益不成问题。但在个人电脑的制造厂商中间，有些企业的做账前利润大约只有销售收入的 15%，这是如今利润最低的经济部门。但是对于企业而言，市场中只要存在着一定的需求量，收益就很可能被实现。因此，与其说决定投资的主要因素之一是收益，不如说决定投资的主要因素是市场需求，而决定企业是否能产生收益的关键，则是企业家对需求的正确判断和企业内部的各项管理水平。

成本对企业而言是不确定的。企业不仅要对设备和人力付出相应的成本，而且外部因素也决定着企业的投资成本，比如国际市场中原材料价格的变化，有关政策的变动，或者政府的税收变化。在美国和大多数国家，税收率是 30%，在少数国家税收率是 50%。

还有因素比如贷款的利率等等。当然对于股票市场而言，就不再是贷款利率，因为贷款通常都是短期(一年以下)的贷款，贷款到期时需要支付利息和本金，而在股票市场，公司卖出的流通股股票，每年则支付红利，公司很少需要为股票支付如同贷款一样的本金。此外，对企业而言，成本会因管理的优劣而有很大的不同，比如公司在电费上的开支等，是可以通过完善的管理来减少消耗的。完善的管理和正确的市场判断，其实是企业降低成本、提高收益的最主要因素。

决定投资的第三个因素，是企业的预期和信心。对投资的预期是对未来的市场需求与可能收益的判断。如果经济中企业普遍对未来某一经济部门有很好的预期，那么企业就会投资于这一经济部门。或者整个经济都对未来信心十足，比如最近这几年的中国经济，那么，投资总量相对于经济就会以一个很高的比例存在。

四、遗漏

在经济活动中还存在着统计之外的生产和提供的服务，因为这些经济运作是不合适的经济行为，或者是人们为了单纯地逃避税收而产生的统计遗漏。从经济的本质而言，比如贩毒等某些非法行为，因为不包含哲学理性，因而从"经济本身是哲学的运作"这一点来说，将这些行为产生的交换价格，不计入经济的统计数据中也是正确的，即地下经济不是经济行为。但对于比如请家庭教师为孩子辅导功课，而家庭教师没有将此笔收入上报(在美国，2006年有些补课一小时要 400 美元)，那么就是经济统计的遗漏。此类的正当经济行为没有进入统计(为了逃避税收)，称为灰色经济，在美国约为 7%。

对遗漏问题的统计，可以用在对大额的灰色收入上。对地下经济行为应该打击，因为它是非法的，不合哲学理性的。

第二节 经济增长的衡量标准

经济学家一般采用国内生产总值(GDP)作为衡量商品和劳务生产问题的标准,但是国内生产总值增长率不能完全被看作就是经济增长率。

其原因是:第一,国内生产总值中有相对于不变劳动价值的价格上升,因此,名义上的国内生产总值不能算作为经济增长。第二,应当考虑到人口的变动这一因素。假如某一国家某一时期的实际 GDP 增长的速度与该国人口增长的速度相同,那么按人口平均计算的 GDP 就没有变化。如果人口增长率超过 GDP 增长率,人均 GDP 就在下降,人们的实际生活水平就下降了。第三,与实际 GDP 相比,潜在 GDP 更能准确地衡量经济增长。假定失业率为 6％时的产量水平是潜在 GDP 水平,若某年总需求水平很低,实际失业率是 8％,则实际 GDP 就低于潜在 GDP。如果下一年总需求增加使失业率降到 5％,则实际 GDP 似乎增加很多,但这实际上不是提高社会生产力本身获得的,而仅是提高了社会总的生产力的利用率。因此,实际 GDP 不能作为衡量经济增长的真实标准。实际 GDP 在经济周期中的扩张或收缩,在很大程度上是一种经济波动的结果。第四,若经济增长只局限在物质产出上,那么就会忽视人类在经济活动中其他方面的进步,比如工作时间的缩短,医疗保障的进步,以及在经济增长的过程中对环境保护和资源的利用等,这些都是无法用单一的 GDP 来衡量的。

衡量经济增长的标准,应该从经济本身是什么出发。经济是以金钱的运动来运作的哲学,经济增长是新哲学思想被实际地运用在经济运行中的结果。因此,衡量经济增长的标准,就是某一种哲学在经济运行中的广度,即一种哲学以什么样的广泛程度在被金钱所推动。新的技术都是由最先进的哲学思想推动的，哲学思想推动了科学技术的进步。衡量经济增长的实际标准就可以认为就是经济中新技术运用的广泛程度：比如在当代，计算机在经济中的多少个部门被普及运用，它的总数量是多少；比如在古代，新的犁在某一国家内被推广的程度，即它在多少面积的土地上被使用；在工业时代，建造多少公里的铁路。

这些都是可以实际测量得到的。此外，在衡量经济增长的时候，经济的增长与历史的前进一样，是连续的，先前的经济增长很可能会影响到如今的经济总量。所以，对已有的经济量都需要计算在内。当然，在经济的运行中，有些经济量是闲置的，因此，总的经济量被称为潜在经济总量，而实际生产的经济量被称为实际经济运行量。由此，我们又可以得知，经济显然不是以经济的初量来衡量某一年的实际经济水平的，而是以经济最终的产成品和最终劳务来衡量经济总体水平的。因此衡量经济增长的标准就是：哲学产生出的科学技术和管理方式所潜在的能够生产出商品或劳务的总量的增长。这一结论虽然和 GDP 的意思差不多，但是这一产生于哲学运作的经济总量，在哲学运作下产出最终产品和提供劳务的过程中，却包含了在生产过程中被哲学所推动的工作时间的缩短，在社会中对人们的医疗保障，以及人们在生产中来自哲学的对环境的保护。

第三节　经济增长的原因

西蒙·库兹涅茨（Simon Kuznets）给经济增长下了这样一个定义：一个经济体的经济增长，可以定义为给居民提供日益繁多的经济产品能力的长期上升，这种不断增长的能力是建立在先进技术以及所需要的制度和思想意识的相应调整的基础上的。

对于以上的定义可以做一点补充,即除了科学技术、政治与思想意识制度之外,还需要包括教育制度。

	每年的%	所占比重
实际 GDP 的增长(私有企业部门)	3.4	100
投入品的贡献	2.1	62
资本	1.1	32
劳务	1.0	29
时间	0.8	24
构成	0.2	6
总要素生产率的增长	1.3	38
教育	0.4	12
研究和开发	0.2	6
知识和其他资源的进步	0.7	21

表 5-1 不同要素对 1948—1994 年美国实际 GDP 的贡献

使用增长核算技术的研究把私人企业部门 GDP 的增长分解到对其有贡献的各种要素中。最近的研究发现,资本增长占产出增长的 32%,教育、研究和发展以及其他知识上的进步对总产出增长的影响则占到了 38%,对人均产出增长的影响超过了 50%。(资料来源:Edward F. Denison, *Trends in American Economic Growth*, *1929-1982*[Brookings, Washington, D.C., 1985], for estimates of the contribution of education; U.S. Department of Labor, "Multifactor Productivity Measures, 1994," January 1996, for other estimates.)

经济增长是一个很复杂的过程,但它可以被概括为:经济增长的根本原因是因为新思想方式和由此诞生的科学技术在生产领域中的运用,提高了社会的总生产力,即潜在 GDP。新思想方式和科学技术,即哲学。经济增长因此最终是新哲学运用于经济中的过程,比如牛顿的自然哲学,马克思的哲学等等。思想决定组织生产的方式和生产力的方式,思想也决定新的科学技术的诞生——因为像牛顿和爱因斯坦这样的科学家,他们首先是哲学家,我们通过他们的新哲学思想在经济生活中的运作,比如 $E=MC^2$(E 为能源，M 为质量，C 为光速），使核能被用于发电，使经济被他们的哲学思想推动而增长。哲学也决定着政治制度和教育制度，它告诉国家如何来管治国内的民众，如何来教育民众。

新科学思想和技术在生产领域中的运用是一个复杂的过程。整个社会是由人来运作的，经济也不例外，各种各样的商品或服务都是由人的劳动创造的。对于新的科学技术，它的诞生以及它被运用于经济生产，也都是要由人运作的。人能运用科学思想和技术需要学习与培养，即需要受教育；创造新的科学技术，也需要教育，因为不仅仅是牛顿站在了巨人的肩膀上，所有的新科学技术都是建立在已有的认知之上的。所以，经济增长中的新科学思想和技术来自于教育，教育是引导科学技术和经济发展的唯一因素，我们甚至应该更谦虚地说，现有的教育是维持现有经济水平的主要因素。

我们的科学技术已经很发达。在 19 世纪末，当福特发明他的汽车时，汽车只是装着电机的简易马车，而今天，如果你不是计算机系的本科毕业生，你根本就无法弄明白汽车的工作原理，这也就是说，如果我们无法培养出计算机系的大学毕业生，那我们的市场就不会供应电子化的汽车。我们的教育维系着今天的汽车功能和样式。

新技术运用的影响是巨大的，因为新技术的运用不是在原有的经济总产值上加上新技术的产值。对整个经济层面而言，如果假设原来某一经济体的 GDP 为 100，那么新技术的运用直接新增加了生产能力 5％（比如电脑技术）。除此以外，为了支持新技术的实施运作，或者说新技术产出的一部分被用于消费，就需要有支持新技术的支持性经济，那么这种新技术的运用就会带动其他的产业，以此产生乘数效应，使整个经济在实际货币价值的基础上增长。经济中真正的乘数效应是由对新科学技术的投资而引发的，其他的由投资或消费引起的乘数效应，都会因重复投资和消费由收入决定而回到潜在经济总产值上。

从历史上看,当我们在农业生产中用铁制的犁来代替铜制的犁的时候,我们单个人的生产力得到了提高,在人口不变的前提下,经济的总量上升。同时,由于我们生产出了更多的食物,因此,我们的经济又养活了更多的人,更多的人又投入生产,最终达到哲学所决定的科学技术与管理方式所能够承受的人口极限。新技术在运用的同时,又给经济提出了新的管理问题,即不仅要管理生产,还要管理市场,加强对市场的监督。管理生产需要努力提高劳动者的生产积极性,比如在历史中给予奴隶以自由一样。如果管理者能够采纳这样的思想方法,那么就会有更多的经济产出,因为无论对于什么样的生产技术,自由的人总是比奴隶更能积极地劳动。这里所指的管理者,当然是指大范围上的。例如在青铜时代向铁器时代转换的时候,整个社会的奴隶主给予了奴隶以自由,整个经济的生产力获得了提高。当社会的整个封建地主阶级给予农民以迁移自由的时候,社会在进入资本主义的时候,经济因为新科学技术的运用和个人迁移的自由,又飞快地发展起来。

109

管理者也是劳动成果的支配者,他同时也必须更合理地分配生产成果。在奴隶制时期,奴隶不参与分配;在封建时代,地主与农民一般以 6 比 4 的方式(甚至更少)分配劳动成果;在资本主义时代,人们一天平均工作 14 个小时,其实他们在一天中为自己工作只有 8 小时,所以那时,资本家和工人一般都以 3 比 4 的方式分配劳动成果。在今天,比如美国这样几乎每个人都持有股票的国家,劳动成果的分配,看上去是公平的。但由于企业要避免利润被征税,它会通过做账来避税,在避税的同时,账面利润减少了,而小股东在实际中只享有对账面利润的分配权,由于普通员工通常是小股东,他们通常只对利润有分配权,他们不像大股东那样有支配企业的权力,即支配企业资产的权力,所以在实际上大股东与普通员工对劳动成果的支配并不完全平等,这一比率大致在 3 比 7,即当年的劳动成果 10 份中的 7 份成为一般股东的收入,3 份通过做账成为公司资产,为企业所支配。如何计算,在这里展开。设某一制造业公司中,一年总共生产市场认可的商品 100%,一年的做账前利润为 35%,一年的做账后利润为 5%,公司占有并支配了 30%的资产。在具体的分配比例上,关键是看企业和国家将多少产出变为了新增资本和国有资产。这一个人收入与被企业与国家占有利润而转变出的资产比例,其实非常容易得到,即在一国内国际贸易收支达到平衡的情况下,可以从一国的国民收入的比例占总产出的比例中减一下,再倒过来除一下就可以得到。在历史的进程中,我们已经用更合理的方式进行着财富的分配。

另一点,市场要以更公平的方式来进行交易,市场就必须被更高效地监督。监督市场的就是政府或类似的非营利性组织,维持市场公平交易的是司法,监督市场和维持市场公平交易的费用要从经济的总量中支付,所以在经济总量中,一部分要用来维持政府行政运作和司法运作。在经济增长的同时,必然要求对这类部门的维护费用占整个经济的比例下降,不然科学技术带来的生产力增长会被这些费用所抵消,经济增长就不会存在。于是,历史在进程中就会创造出新的政权形式,比如西方的三权分立,以减少对政权的维持费用。王权时代的君主政权也起到过对王权时代当时经济一定程度的稳定作用和监督作用。但同时,王权的维护费用相当昂贵,在叶卡特琳娜二世时期的俄国,全国 1/13 的税收被用于支付女王的个人开支,如果今天美国总统也享有这样的"维护费",那么在四年一届的总统任期中,总统个人会花去超过 1 万亿美元的经济监督维护费。这是难以被接受的。经济本身是与其他领域一起发展的,发展绝对不会是单独的。

对市场公平交易的高效率保障,也需要包括更好的法律体系,包括更有效的法条和司法体系。而从法律的本质上来说,法律是哲学的强制力形式,法律维护现有或当下的哲学。没有对哲学的普遍信仰,就不会诞生有效的法律,甚至会因为没有制订法律而形成法律空白。在1991年底,苏联解体时,有人提出俄罗斯可以像美国一样进行股份制改革。俄罗斯领导人接受了这个建议,于是对所有的国民,每人给予10000股的股权,个人可以用这10000股股权购买任何一个企业的股票,这样,根据这一理论,俄罗斯将成为一个全民持股的国家,能够立即完成所有制改革,使经济以新的方式来增长。很可惜,经济学理论同时也指出,经济运行必须有一个维护公平交易的法律体系,美国有,而当时的俄罗斯根本没有。俄罗斯的改革于是彻底失败,股权被金融寡头收购,他们从银行借来钱,然后从黑市中购买股权,而银行的贷款来自于普通工人的储蓄。那些普通的工人并不明白什么是股权,也没有完善的法律和司法体制来保护他们在市场中进行公平股权交易的权利,他们也许仅仅为了在晚上能够去附近新开业的麦当劳餐厅吃一顿美式汉堡,便在当天中午的时候,溜出工厂,在黑市中以200卢布的价格卖出了10000份股权。而金融寡头利用了当时法律的空隙——其实当时没有对股票证券的相关法律,当时这是一个法律空白——控制了整个经济。市场的不公平交易导致了俄罗斯经济的整体休眠。微小的不公平交易的积累,最终会产生出累积效应,微观经济上的一个小小的不公平,最终会在宏观上形成社会问题。这种以小见大的问题用中国古人的话来说就是"见微知著",即从微观经济的效率和公平程度,就可以推算出一个经济体的整体发展程度。

以上不公平的交易通常发生在强势群体对弱势群体的交易中,如果社会的交易总是以此进行,那么就会导致社会的不稳定,所以法律和司法在维持经济公平交易的过程中必须确实有效,而腐败则应该更少一些。在整个社会发展的历史过程中,腐败是一直存在着的,包括在今天的任何一个国家它都存在,但从经济增长的角度看,一个优良的经济体,在制止腐败上的额外支出总要比一个比其糟糕的经济体要少。

111

所以与其说经济在发展,不如说社会中的各个部门与经济一起在发展,它们是相互维护和支持的。单独的经济发展,在历史中是不可能实现的。

第四节　经济增长中的乘数效应

一、基本乘数模型

乘数(multiplier)指的是一个系数,用这一系数乘以投资的变动量,可得到投资变动量所引起的总产出的变动量。如果投资增加 100 亿美元,导致最终的产出增加 500 亿美元,则乘数就是 5;如果投资增加 100 亿美元,导致最终的产出增加 400 亿美元,则乘数是 4。乘数模型说明,投资的增加将会引起更大的乃至数倍的 GDP 增加,也即投资所引起的 GDP 的增加量会大于投资本身的增量。

乘数所以大于 1,是因为在经济活动中每生产 100 美元的最终产品,就得为此支付直接劳动的薪水,在间接上,对于生产中间产品的工人也得支付薪水,对于原材料的供应商的支付,则转变为供应商的收入。所以,100 美元的最终产品会转变为收入,投资人对最终产品的投资性购买会形成收入,而收入的一部分会被用于消费。比如收入的 80% 用于购买其他的最终产品,则经济就必须再向市场提供 100 美元×80% 的最终产品,这些最终产品又需要支付薪水,由此形成的消费累加,使经济中的最终产品产值上升。于是,投资会产生比本身的增加量更大的经济效应。

将收入的一部分用于消费,在经济中被称为"边际消费倾向"(MPC)。如果 MPC 等于 0.8,则最终的消费就等于 $1 + 0.8 + 0.8 \times 0.8 + 0.8 \times 0.8 \times 0.8 + \cdots = 5$。如果 MPC = 0.75,则最终

消费就等于4。当我们用边际储蓄倾向(MPS)来分析这一问题时，则当 MPS 为$(1-0.8)=0.2$时，乘数为5；当 MPS 为0.25时，乘数为4。简单的乘数总是边际储蓄倾向的倒数。简单的乘数公式是：

$$产出的变动 = 1/MPS \times 投资的变动$$

二、财政政策和货币政策

财政政策(fiscal policy)是指税收和政府支出的使用。

政府支出有两种形式：一种是政府购买，指的是政府在物品和劳务上的花费，例如支付公务员的薪水、修建公路、购买战斗机等。另一种是政府的转移支付，比如对失业者发放救济金。政府开支的数量，决定了一个经济体的公共部门与私人部门的相对规模。对经济增长而言，政府的支出也会影响经济的总体支出水平，从而影响 GDP 的总量。

税收是财政政策的另一种形式，它通过两种途径影响整体经济。首先，政府税收会影响人们的收入。其次，通过增加或减少家庭可支配收入，税收可以影响人们用于购买物品与劳务的总量以及私人储蓄量。不管是短期还是长期，私人的消费和储蓄对产出和投资都是有重大影响的，由此税收会影响 GDP。

政府货币政策是通过对一个经济体的货币、信贷及银行体制的管理来实施的。中央银行可以通过控制利率和其他各种方式来调节经济中可供使用的货币总量。在货币政策中，通常有三种控制货币供给的方法：公开市场运作、法定准备金率以及贴现率。

公开市场运作(open-market operations)是中央银行对政府债券的买卖。当中央银行从市场中购买债券时，购买债券所支付的货币就增加了市场中的基础货币数量，从而增加了货币供给。公开市场运作是中央银行最经常使用的货币政策运作，之所以如此，是因为在债券市场上进行公开的操作,对于要完成少量货币供给变动是非常快速、灵活和有效的。

法定准备金率(reserve requirements)是中央银行对银行的最低存款准备金比率的规定。法定准备金率的上升提高了准备金比率,从而降低了货币的乘数,减少了市场中总的货币供给量。相对而言,法定准备金率的变动是中央银行最不经常使用的货币政策。

贴现率(discount rate)是当中央银行向银行发放贷款时所收取的利率。当银行没有足够的准备金而达不到法定资金积累金率的要求时,就要从中央银行借款。贴现度越低,所借的准备金越便宜,这样,贴现下降就可能增加货币的供给量。

114　　三、财政政策与货币政策对经济的影响

对市场而言,如果货币供给大于经济的实际增加率,较低的利率是能够促使投资的。但同时,由于货币供给量的上升,会引起通货膨胀率的上升,所以与其说货币政策将直接或间接影响经济量的增加,倒不如说货币政策将直接地影响通货膨胀率。货币政策所引发的暂时经济总量的上升,如果没有科学技术的支持,这一暂时性的经济总量变化还是会回到潜在 GDP 的程度上,因此货币政策不会形成长期的经济增长,即潜在的 GDP 不会受货币政策的影响。

财政政策是通过扩大政府购买,以扩大市场总需求(包括投资)的方式来促使经济增长,但同时,总需求的增加也会影响市场价格。虽然在长期上无法达到经济增长的效果,但在短期上财政政策和货币政策则能避免经济过度的衰退和过热。在经济过热时,通常提高税收和提高利率,可以暂时减少市场总需求和总的货币供给量,以达到减少重复投资和降低高通货膨胀的目的。在经济衰退时,可以减少税收和降低利率,来刺激总需求和总投资。但在研究实际经济现象的过程中我们可以发现,在经济衰退时,减少税收,特别是减少个人所得税来刺激总需求,其效果是非常有限

的。从世界情况看,在 20 世纪 90 年代,日本经济陷入停滞状态时,日本民众对经济前景都很悲观。当时的日本政府曾经采用过减少个人所得税的财政政策,但当时的日本民众普遍选择将因为税收减免而得来的钱存入银行,而不是将这些钱用于消费,由此导致的储蓄量的增加,也没有使投资增长。同样的情况在美国 2001 年经济衰退时也发生过。所以,从实际情况来分析,社会的信心指数是很重要的,它可以决定人们的消费倾向以及边际消费倾向,即它可以决定人们用收入的多少进行消费,由此决定消费到底能带来多少倍的乘数效应。一般来说,由于在经济衰退时,社会信心指数受到打击,投资和消费所形成的乘数效应就比较小;而在经济繁荣时,社会信心指数就比较高,投资和消费所形成的乘数效应会比较高。当然,在社会经济繁荣,投资和消费所形成的乘数效应比较高时,容易造成经济过热,反之,也容易造成经济过度衰退。

	2001 年第一季度	2001 年第三季度	变化量
私人储蓄	**1 324. 1**	**1 535. 6**	**211. 5**
个人	173. 7	302. 2	138. 5
商业	1 150. 4	1 233. 4	83. 0
政府储蓄	**374. 9**	**130. 0**	**−244. 9**
联邦	271. 5	47. 3	−244. 2
州和地方	103. 4	82. 7	−20. 7
国民储蓄	**1 699. 0**	**1 665. 6**	**−33. 4**

表 5 - 2 美国 2001 年 5 月的减税政策

说明:以 10 亿美元为单位。

(资料来源:BEA Website, www. bea. doc. gov, Table 5. 1.)

消费者调查表明,事实上,大部分人在 2001 年美国经济衰退时把这年得到的退税支票储存起来。密歇根大学的马修·夏皮罗(Matthew D. Shapiro)和乔尔·斯列姆罗德(Joel Slemrod)发现,不到四分之一的家庭回答说他们把在 2001 年收到的退税收入大部分都花掉了。较低的支出率表明退税并没有像政府把减税法案写入法律时所希望的那样刺激经济。

在经济萧条时减税带来的储蓄变化并不能用李嘉图的等价定理来解释，而应该用乘数效应的乘数系数变化来解释。

四、新技术在经济中应用带来的乘数效应

当新技术在经济中被应用，比如个人电脑在经济中被使用时，我们假设个人计算机这个新经济部门的单个年度总量是500亿美元，那么这些收入就会以一定的消费（包括投资）倾向进行消费。由于新兴经济部门的更新与淘汰非常迅速，对新兴经济部门的再投资比率通常都会高于其他的经济部门，因而由此可能形成比如直接的450亿美元的市场消费，最终对经济会形成5000亿美元的经济总量。相对于财政政策和货币政策对投资与消费的影响，新技术的应用对经济的乘数效应是长期的，是政府和经济学家所追求的经济增长，它在提高个人可支配收入的同时，也满足了个人对经济增长的需要。对于新技术带来的经济增长，只要新技术一直在经济中运作，那么它在经济中就会有它的总产值。

新技术思想，包括管理方式的革新给管理人员带来的收入增长，对经济的影响是长期的，它们所带来的乘数效应也是长期的。而财政政策和货币政策的影响如果不直接投入到技术研发、科学研究中，它们对经济的影响一定是短期的，而且在一项财政政策和货币政策停止后，它所带来的乘数效应也会消失。

第五节　经济增长的四个因素

在经济的运作中，哲学在金钱的支持下推动了如下的经济要素：人力资本（劳动供给、教育、企业家才能），自然资源（土地、矿

产、能源、环境质量),资本(机器、工厂、道路),技术(科学、工程、管理方法)。哲学最终决定教育的方式、方法和内容,从而为经济提供与哲学发展程度相应的劳动力。由哲学而来的科学技术,也决定着对自然资源的利用方法和利用率。比如在19世纪,在一些国家通常使用鲸鱼油来照明,而随着科学技术的进步,我们开始使用电力来照明,并且随着对自然保护意识的增强,我们对自然资源的利用态度已改为更关注生产所可能导致的环境质量变化。资本、机器、工厂的功能则是被技术所决定,而资本的总量则是以往经济在哲学引导下进行积累的结果。

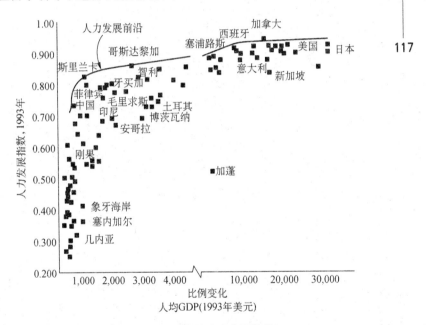

**图 5－2　一些国家的人力发展指数
与人均 GDP**

一个新的人力发展指数(HDI)包括收入以外的学校教育、文盲率以及预期寿命。大多数贫困国家的 HDI 很低。(资料来源:United Nations Development Program, *Human Development Report* 1996[Oxford, New York, 1996], P. 67.)

人力即劳动力,是所有要素中最为重要的,因为无论是对自然资源的利用,还是对资本以及技术的控制,都必须由人来驾驭。一个国家可以购买最先进的通信设备、计算机、发电装置,以及拥有丰富的自然资源,但这些资源和资本,或者其他的技术,都必须由经过培训的有技术的劳动力才能充分发挥它们的效用。劳动力的质量,即劳动力的知识、技能和纪律性等,是一个经济体经济增长的最重要因素。

在古代,自然资源对经济的增长非常重要,比如国土面积的增加可以提供更多的可耕种土地,并由此为经济带来农业产品的增加,使经济总量上升。因此罗马帝国的经济增长时期基本上就是罗马帝国疆域的扩张期。在工业革命时代,我们对自然资源的拥有也在很大程度上决定一个国家在经济上的主要面。为此当时的各帝国都会为夺取资源而不惜大动干戈。但在 21 世纪初,这一切都不再主导着经济,比如世界上最大的石油输出国,它提供世界总出口石油的 26%(2005 年),但全世界出口石油的总收入在油价高涨的 2005 年也只创造了不到 2000 亿美元的收入,相对于 2005 年美国 13 万亿美元的生产总值,这就显得不太主要了。自然资源对经济增长的影响在今天仍然存在,但已经不十分重要。

经济是由金钱推动的哲学运作,对整个经济而言,金钱的推动是至为重要的。金钱有许多存在的形式,资本就是一个更广泛意义上的在经济中运动的金钱。进行科研或兴建电厂和铁路,哪怕是单纯的大学里的教学活动,都必须有金钱的参与。对一个经济体而言,经济的规模越大,它所需要的驱动力就越多,由此对不同形式金钱的需要之和就越多。从经济增长的角度看,如果经济的年增长率越高,那么经济增长就要求资本投入量越高,而资本投入是由资本积累来决定的,所以一个经济体在经济快速增长的时候,就需要一个资本的积累期,或者经济高速增长与资本积累同时存在。资本的推动和资本本身对经济的影响是非常重要的,无论是在过去还是现在,经济的驱动者也同样是其他的经济要素所不可替代的。

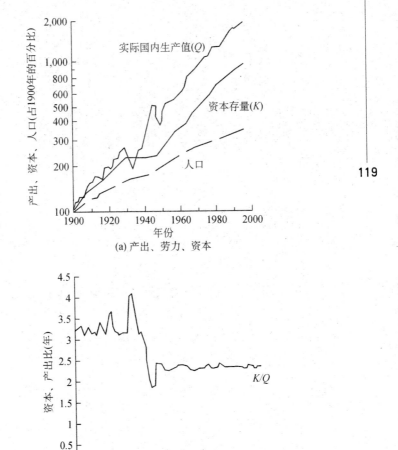

(a) 产出、劳力、资本

(b) 资本-产出比率

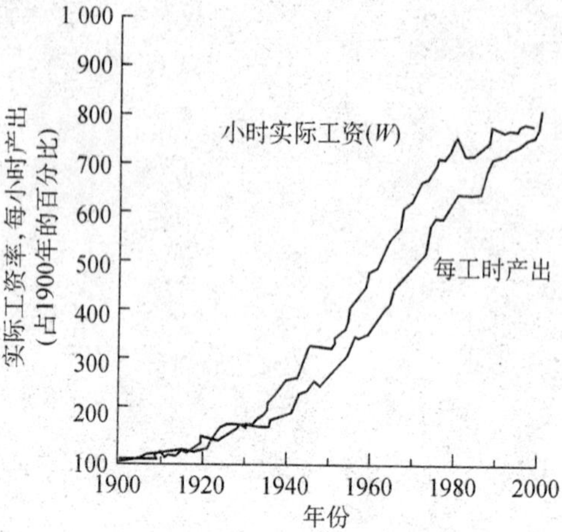

(c) 每工时的实际工资和产出

图 5-3 经济增长的长期规律性

(a)资本存量的增长快于人口和劳动力的供给。然而,总产出的增长更快于资本的增长。(b)在 20 世纪的前 50 年,资本-产出比例下降,但在过去的 40 年中,它保持了稳定的态势。(c)实际工资平稳增长,在某种程度下快于每工时的平均产出。(资料来源:U.S. Departments of Commerce and Labor, Federal Reserve Board, Bureau of the Census, and historical studies by John Kendrick.)

技术变革和创新是由自然哲学而来的技术进步或飞跃。技术的飞跃对经济的影响是异常巨大的,比如法拉第发现的电磁感应和麦克斯韦的电磁方程组,最终使发电机被发明,这一技术上的创新使电力被普及到整个经济活动中。而爱因斯坦的质能方程,最终使我们可以利用核能来造福人类。在法国,有 75% 的电力是由核电厂提供的。在美国,核能对整个电力网的供应大约占 25%,美国人是因为前苏联的核电厂发生事故才反对在美国普及核能的,但其实爆炸的原因是因为第一代核电厂在设计上有问题,并不是核能本身无法被控制。核能相对于其他能源是清洁的,并且可以使用相当久远。

从上面的例子我们可以得知,技术的飞跃对经济而言很重要。一些小小的技术进步也在潜移默化地推动我们的经济生活,单个的小技术进步也许并不会很明显地改变经济生活面貌,但经济确实也因此而获得了推动。

第六节 经济增长的理论

经济学家的研究表明,发达国家的经济发展史可以大致概括出以下几个趋势:(1)资本存量增加的速度远比人口和就业量的增长速度快,并导致人均资本量的上升。(2)按照边际收益递减规律,在技术条件不变的情况下,资本与产出的比率应稳步上升。但自1900年以来,由于技术进步,这一比率实际上是在下降。(3)不考虑经济周期的影响,国民产值年平均增长率约为3%。产出增长大于加权平均后的资本、劳动量和资源投入的增长,表明技术创新在经济增长中起着十分关键的作用。(4)在20世纪这一时间段里,实际工资水平的上升是非常大的。(5)实际利率和利润率有较大波动,特别是在商业周期中。但在20世纪,它们没有表现出明显的上升或下降的趋势。

虽然经济发展导致人均资本量上升,但由于技术的进步,资本与产出的比率开始下降(比如原来1单位的资本可以产生3单位的实际产出,而经济发展使1单位的资本可以产生5单位的实际产出),由此我们得出人均资本的产出在上升的结论。而在20世纪里与人均产出上升相同,实际工资也呈现上升势头(由于工人对个人权利的主张和维护,而最主要的原因是工人本身创造了更多的劳动价值)。其中,人均产出上升其实是人均创造的劳动价值的上升,而工资虽然是对劳动力的购买,但在接近或近似于等价交换的现实经济中,实际工资的上升是因为劳动实际创造的价值在增加。人均劳动创造的价值上升可归结为哲学所推动的教育进步,使劳动力本身所能够创造的产出增加了。那么,由于人口上升而导致的劳动力提供劳动量的上升来如何解释? 我们知道,劳动量对经济中劳动生产价值的增长是有贡献的。从历史中分析,人类的人口增长如马尔萨斯所说,会受到环境的制约,人口的数量相对于环境的承载量是有限制的。但随着技术的进步,我们对自然资源的利用范围和利用率也在上升,即科学技术最终决定着社会的潜在人口数量和潜在的劳动量的供给。比如在中国汉朝,一亩地的产出是 200 公斤小麦,在今天,这一数量是 600 公斤。总之,劳动价值的增加从以上的经济趋势来看是因为技术的进步,经济的发展是管理科学(管理哲学)和自然哲学(自然科学)进步的结果。所以经济增长的理论,最终还是要回到哲学在经济中的运用和推广这一点上来解释。

122

第七节　经济增长的周期

对于投资人而言,因为他们总是在追求利润,所以当有新的技术出现时,就会有投资人对其在经济中的运用进行投资。但投资人不可能知道时下对这一技术的投资情况,因为统计结果总是滞后于投资,它必然也不得不滞后于投资人的投资行为,所以,在投资人投资的时候,他更多考虑在一个季度以前或一年以前对这一行业的投资回报率,或者是凭投资人对市场的预期。这样就导致在市场的容量有限的情况下,当新科技的现有或预期利润率高于其他经济部门时,投资人以会扩张型的方式对新兴部门进行投资,由此会使经济以高于科技发展的速度增长,这样就会形成某一部门或某一些部门的产能过剩,经济就会过热。之后,因为供给扩大,利润下降,投资人会减少对相应低利润部门的投资;当投资过低而使经济转入以低于科技发展的速度增长的时候,就会形成经济的萧条。从以上的分析出发,第一,可以得出经济周期是如何而来的结论;第二,也同时指出,经济是否增长并不以实际增长率为正负来衡量,而是以增长率是否高于或低于自然科学与社会科学的发展速度来衡量。当投资过分高于科技发展的速度时,就形成经济泡沫;当投资过分低于科技发展速度的时候,就形成经济萧条。整个经济的发展速度,取决于科技的研发速度和推广科技的速度,对于规模较大的科学技术成果而言,经济发展还取决于推广科技所需要的时间。

经济增长又分为大周期与小周期。大周期是指比如工业革命或信息技术革命这样的周期,它们的特点是,一项重要的科学思想技术创造,比如牛顿力学的发明,导致了经济各个部门生产能力的持续增长,由于思想和技术的推广本身就需要时间,所以较大范围的普及推广思想方式(即用新的思想方式创造了新的生产方式来提高生产力)和生产技术,会使经济有一个很长时间的持续性的增长。经济增长的小周期,就是指新的技术或生产方式在某一些经济部门的推广。由于某一些部门的生产能力相对于经济的总量确实比重很大,比如纺织业对于 18 世纪的英国,那么,这一部门生产能力的大幅提高就会在经济总量的变化中很明显地体现出来,并且当其他部门变化很小时,就会成为经济增长的主要动力,同时也会成为经济衰退的主要原因,这在 19 世纪英国的纺织业和 19 世纪美国的铁路工业的发展中表现得特别明显。

当一种科学技术被推广到所有可以应用的部门时,这种科学技术就会成为经济中一个稳定的产值。但有时候,新技术也被过分推广或推广到成本过高的经济部门,当无法实现营利的时候,资本就会退出。当整个经济中资本的退出大于资本投入的时候,就会使经济走向负增长。

经济大周期的长短,一般以一种重要的历史科学思想为引导,这要视社会推广科学思想的时间长短来决定经济增长的周期长短,即人们以一种什么样的方式来接受新的事物和思想。比如封建时代,人们的思想比如保守,接受新事物的意愿很小,经济增长的大周期就是很漫长的。在历史进程中,人类用铁器来普遍替代铜制的工具,平均要花 600 年的时间,而二战以后推广计算机技术,人类花了大约 40 年时间。但经济增长的大周期不会短于 40年,因为科学技术的推广使用是要人来运用的,我们的教育体系至少要花 22 年的时间来培养一代运用新科学技术的人,因为就我们所知,年龄越大,接受新事物的意愿就越差,年龄越小可塑性就越强,对于新科学技术,只有从小开始教育,才会形成一种新经济意识,因为经济不仅仅是技术,还包括思想意识。

在经济或者整个社会中又有一个现象,即年轻人不可能一进入社会就在领导的岗位上,他们必须通过 20 年或更长的时间才能到达一个具有实际控制权的领导岗位,只有在领导岗位上,才能决定使用他们所学到的知识,贯彻他们的思想意识,这样两个时间段相加,无论如何都要有 40 年。当然有人会说有例外,比如亚历山大和拿破仑,他们很年轻的时候就成为统治者,但对整个社会而言不会有那么多特例。在经济的运行中我们需要整个一代人来创造经济增长,而不是靠一个人,所以,经济增长的大周期至少40 年。

第八节 经济增长的极限

马尔萨斯在古典经济学创立不久就认为,经济增长会有极限,在 20 世纪 70 年代,也有经济学家提出增长的极限。与其说经济增长会有极限,倒不如问一问科学的进步会不会有极限,因为经济的增长是由自然科学和社会科学这两大哲学分支所推动的。如果科学的进步会最终走到极限,那么我们的经济增长也会有极限。这是对经济增长极限一种非常合理的分析。

对此认识,可以从生产所创造的产值上进行分析。生产所创造的产值取决于人们对自然资源的利用范围和利用方式。对自然资源的利用范围和利用方式,决定着经济到底能够养活多少劳动力,并且由被经济养活的劳动力的数量决定经济中的潜在可投入的劳动量。对自然资源的利用,取决于人类的科学技术和科学管理方法,因此科学发展最终决定着经济中的潜在可投入劳动量。这个由哲学极限决定的经济极限,是经济发展的第一极限。

第二个极限的到来,取决于劳动者的劳动质量。劳动者的劳动质量,即每单位时间潜在能够创造的价值,是由受教育程度决定的。教育决定着劳动者的知识和技能等因素,这些因素决定着劳动者在单位时间内潜在可以创造多少劳动价值。而教育是对哲学的传播,教育能够提供什么知识和技能是由哲学决定的。这样第二个经济极限的定义就是:在既定的哲学发展程度中,经济的极限取决于全部劳动者是否掌握了最先进的哲学。

所以经济的极限存在与否,取决于我们的自然哲学和社会哲学的发展是否有极限。

进一步地细分,以上的结论可以完全应用于制造业、农业和服务业的极限分析。对于制造业、农业,取决于自然科学与管理哲学等哲学分支是非常明显的,当然在教育中推广已有的知识,也导致了经济产值的上升并到达极限。对于服务业,它则需要取决于第一和第二产业所决定的人口数量。对经济中的服务业而言,经济的总量取决于人们所能够创造的人均价值量和人口数量,而潜在人均创造的价值,取决于人们受教育的程度。因此在服务业,当然也对整个经济而言,经济增长的极限之一,来自于人们受教育程度的极限,如果经济使每一个人受教育的程度相对于他们能创造的潜在经济产值不能再提高了,那么经济在以人力为资本的增长方式中将达到极限。

由此看来,经济的增长极限在哲学(科学技术)和人力资本停止增长时才会到来。当然,问题又在于,如果我们的科学技术有一天能够使经济养活越来越多的人(设人口的极限是未知的),使这些人都能受到良好的教育,那么人力资本将不断增长,经济也将不断增长,人们都会过上美好的生活。人均 GDP 虽然不增长了,但经济总值却会因人口极限未知而不断上升。所以,与其在经济学这一门学科中讨论经济增长会不会有极限,倒不如讨论哲学的发展是否存在极限,人们接受教育的权利是否达到平等,教育是否把已有的知识、技能等都传授给了每个人。

第九节　二战后德国与日本经济快速增长的原因及其引申

一、索洛增长模型(Solow growth model)与经济增长的新定义

生产函数 $Y = F(K, L \times E)$ 中,K 代表资本总量,L 代表劳动力数量,E 代表劳动效率(efficiency of labor),$L \times E$ 代表效率工人(effective workers)的人数。生产函数最终形成的产出与资本存量是相关的,即产出与资本存量成比例关系,而产出品在经济中有折旧。在索洛增长模型中,当新产出品的总量大于产出品的折旧总值时,经济将继续增长,而当折旧总值与经济新增产值相等时,经济在生产效率不变的情况下就趋于稳定。

但是,资本虽然能够驱动经济,可以提高经济的总量,但如果经济不能为个人提供更多的产品和服务,那么经济本身也没有达到人们追求幸福的愿望。人民选举出政府的目的是为了谋求人民的普遍幸福,因此虽然资本总量的提高从理论上讲可以提高经济的总量,但是经济增长的最终目的是为了提高人民的生活水平和

幸福感(为此人们和政府运用新的科学技术与管理方式于经济中)。比如今天的人们在出生时的平均预期寿命比 100 年前要长得多,这是在哲学运作下的经济为人们提供了更好医疗保健的结果。所以人们和政府追求经济增长的目的,最终不是为了经济总值,而是为了美好的生活,在追求美好生活的过程中,由于经济是被金钱驱动的,它的总值是以金钱衡量的,间接的,人们和政府达到了经济总值上升的结果,即一个经济体的总产值的上升,是人们和他们的政府追求美好生活目标的间接产物。这是对经济增长的新定义。

二、二战后德国与日本经济快速增长的原因

索洛增长模型可以很好地说明二战后德国与日本为什么会有这样快速经济增长的原因。用折旧和投资的关系也可以很好地说明德国与日本的问题,以及资本存量与经济总量的关系。对于今天的非洲而言,那个地方的资本存量与战后的德国和日本是非常接近的。二战后的德国大城市里什么也没有,日本的城市也同样,没有房屋,没有机械设备。但当时的德国和日本,有包括科学技术和管理方式在内的哲学。这是非洲国家今天所没有运用的。通过对已有科学技术的运用,可以使原有的资本存量有一个很高的增长率,使得被金钱驱动的经济得以快速增长。对经济而言,发明和创新科学技术本身就是要进行投资的,比如大学教育经费和科研与学术研究费用,但是对于已经存有的科学技术与管理方式,在运用它们的时候,则不需要再进行投资,即德国和日本在二战后的经济发展中,除了资本存量与折旧的因素之外,还不用为已有的科学技术与管理方式进行投资,这也使得这两个国家经济能够在二战后快速增长。

日本的经济规模之所以超过德国,原因之一是日本的人口比较多,而在生产效率这另一个原因上,由于日本大量从外国引入先

进的科学技术,所以在节省技术投资的同时,比德国更好地提高了生产效率。

三、战争对经济的影响

根据经济增长的四个因素来分析,战争的胜利方可以从胜利中得到大量的自然资源,比如土地、矿产,这是古代国家(经济体)之所以不断地对外扩张的主要原因。在资本主义时代,战胜方还可以得到资本,即机器、工厂、道路。如果战败方也是资本主义国家,战胜方也同时可以获得资源,并从落后的国家中获得市场。战争也可以使胜利者得到技术,比如苏联和美国在二战结束后,得到了德国人的火箭技术(苏联带回的是德国的技术图纸,美国带回的是德国的工程师)。这些是对经济有利的因素。但战争本身的投入也是巨大的,比如第一次海湾战争(1991 年),按当时的价格水平,消耗了 2000 亿美元(相当于 2006 年的 4000 亿美元)。战争中的支出不是资本,因为武器这一最终产品,在使用过程中并不能产生新的产品,按照资本的定义,武器因此不是直接资本,它并不能为经济创造出新的产品。所以,在武器上的研发投入和生产投入,并不能够获得如直接投入经济生产的资本的效用。根据索洛增长模型,在长期上进行大量的武器生产,支出大额的战争开支会对资本的存量有影响,这对经济发展是不利的;甚至在短期上,由于一个经济体在一定的时间内(例如一年内)能够生产的物质产品是有限的,经济必须在生产大炮和生产黄油之间做出选择,如果生产了更多的大炮,那么就只能生产比较少的黄油,因此武器的生产会使供给人们日常需求的物品相应地减少。这一情况在"冷战"时期的苏联非常明显,那时的苏联投入不少资金大量生产武器,而人们的日常生活用品则相对紧缺,而且当时的苏联人并不重视将军事技术转向民用领域。

但是,我们必须明白,经济本身是一种哲学的金钱运动形式,我们制造武器虽然并不直接对经济产生巨大的产值上的效应,但是武器可以帮助我们捍卫自由,保障民主,向外推行我们的哲学。经济的本质在武器的生产上也得到了足够的体现。因此,战争虽然在短期内会使经济发展中的投资部分减少,但在长期上对于在经济中确立新的哲学,新的生产方式,新的管理方式(包括政治制度)是非常重要的。比如美国的南北战争,虽然战争时经济有非常大的损失,但是在战争结束后美国终结了奴隶制度,从而使经济得到了腾飞。

第十节　发展中国家的经济

与其说发展中国家经济落后,不如说他们运用的哲学落后。正是因为他们没有先进的教育理念,所以没有尽最大的努力去投资公共教育。因为没有实施普遍的公共教育,无法培养出相应的人才,所以他们不能引进适当的技术,也没有对现有的技术进行革新。例如,一些发展中国家开采出的石油只能运到发达国家去提炼加工成精制品,从而丧失了可以赢利的机会。像伊朗只能提炼自己开采出的石油量的5%(2005年的统计)。

要使发展中国家经济得到快速发展,必须使那些国家运用比他们现在使用的更好的哲学。这样,充分利用其自身的人力资本,才能使他们国家的经济获得快速发展。当然,同时要求进行资本积累,从而使他们的生活更美好。

第十一节　经济增长、通货膨胀和就业

由实际价值上升引起的价格上升,虽然也被认为是一种价格

的上升,但这却能提高投资人对经济的投资。因为如前面所指出的经济趋势,其实利润率并没有明显的上升或下降的趋势。在过去的 100 年里,这样价格的上升,在利润率无相对明显变化的情况下,将导致利润总量的上升,由此将促使投资人对由实际价值上升引起价格上升的产出进行投资,促进经济的增长。

此外,价格的单一上升,比如矿产品的价格上升所导致的通货膨胀,将会限制在同一个经济体中对其他项目的投资,因为在一定时期内,资本量是既定的。那么在这一情况下投资人会不会因为追求利润而追加对这方面的投资呢?从石油市场来看,由于投资人意识到石油的有限性,所以对投资石油的公司而言,如果勘探出的石油越多,并且由此产出的石油越多,反而会使长期收益下降。所以,石油公司在近年都控制了投资额度。因此我们对在价值不变而价格单一上升对经济增长的促进一说是存有疑问的,即对通常经济学家所说的小量的通货膨胀会促进投资是有疑问的。

实际价值上升引起的价格上升与价格单一上升的本质不同在于,实际价值的上升意味着创新。创新意味着对自然资源利用范围的扩大,或对一定量自然资源的利用率的上升。比如在改良基因之后,可以提高苹果的甜度,因为改良后的苹果树的基因提高了阳光促使物质转变为糖的效率。那么由于劳动创新而形成的对同等资源利用率的上升,使苹果变甜,效用变大,由此引起的价格上升,与石油制品效用不变但价格的上升,显然对经济的促进作用是不同的。

经济增长与通货膨胀、就业的关系可以这样理解:当经济以高于科技发展的速度增长时,社会的整体信心指数由于经济的增长也开始上升,由于市场中买卖双方的信息不对称,社会的整体信心指数上升,会提高乘数效应的系数,会使消费者的扩张性需求最终导致需求拉上的通货膨胀。通货膨胀就发生在社会整体信心指数连续看好的情况下,由于人们对未来的预期充满信心,于是消费增长,投资也增加。而与此同时,由于需求和投资的上升,企业在短时期内就要雇用更多的人,就业率上升,此时的产出量增长不是由于长期中通过教育培训提高了单个人的劳动生产能力。因此,通货膨胀上升与失业率下降就会同时发生。反之,通货膨胀下降与失业率上升也会同时发生,这是菲利普斯曲线发生的原因。

通货膨胀其实不能彻底解决就业问题,因为它与就业没有直接联系,要解决就业问题必须依靠教育。

第六章 需求与供给

第一节 需 求

常识和细致的科学观察表明,人们购买一种商品的数量取决于它的价格。对用于日常生活的商品来说,通常商品的价格越高,需求就越小。而对于奢侈品,价格越高反而更能满足人的奢侈欲,需求反而会上升。这种价格与需求之间的关系,可以用一张需求表(demand schedule)或一条需求曲线(demand curve)来表示。

苹果的需求表	A	B	C	D	E
价格(美分/个)	12	16	20	24	28
个人需求/月	10	8	7	6	5

表 6-1 需求量与价格相结合的需求表

表 6-1 是一张个人对苹果的简单需求表。在每一价格水平上,都有一个相对应的需求数量。一般而言,日常生活中,在价格比较低时,人们对一种商品的需求量比较大。将上表的数据描成一条曲线,我们就可以得到一条关于苹果的价格与需求量的需求曲线。这条曲线通常具有一种规律,即向右下倾斜的规律。这一规律意味的是:当一种商品的价格上升时(同时其他条件不变),购买者便会趋向于减少购买的数量。这同时也意味着,当价格下降,其他条件不变时,需求量会增加。

价格上升时,需求量会相应下降的原因有两个。第一是收入效应(income effect),即当价格上升时,收入对于可能的支出,相对的是减少了。收入的相对降低会相应地减少需求。第二是替代效应(substitution effect)。当一种物品的价格上升时,人们会用其他物品来替代它(比如《纽约时报》价格上升时,人们可能选择购买《华盛顿邮报》或其他报纸),而减少对某一种物品的需求。

在现实世界中,经济统计数据所能直接观察到的是市场的需求。需求曲线被运用于市场数据的判断时,描绘的就是市场需求曲线。市场需求曲线是在每一价格水平下所有个人的需求量曲线,它也符合"需求向下倾斜的规律"(law of downward-sloping demand)。

除此之外,其他一系列因素也会对于需求产生影响。个人和社会的偏好(这一点对新兴产品非常重要)、平均收入水平、人口规模、相类似商品的价格等因素都会对需求产生影响。

对商品的偏好是一种定向的需求。社会的文化和历史因素会形成社会的消费偏好,这种社会的偏好有时也反映出整个社会的需要,比如在20世纪70年代末,一台个人电脑要卖4000美元,相当于2006年12000美元的价格,而当时电脑的计算能力和其他性能根本无法与今天相比(2008年一台电脑的价格约400美元)。正是因为社会的偏好,主导着人们对某一单类商品的需求。这种社会的偏好或许可以被理解为人们的激情,正如古罗马人偏好中国的丝绸一样,社会之所以会有这样和那样的偏好,那要由历史学家和社会学家来解释。

消费者的平均收入是需求的重要决定因素。当人们的收入上升时,即使价格不变,个人也会用货币来购买更多数量的几乎任何的商品。而消费者的平均收入通常是由劳动价值决定的,个人单位时间的劳动价值潜在提供量是由教育程度决定的,这取决于我们的社会在哲学上的运作,即消费者的平均收入是社会哲学运作程度的最终结果中的一项。

133

以人口和人均收入衡量的市场规模是影响需求总量的重要因素。比如中国的固定电话和移动电话的数量占据世界第一，是因为在中国有这么大的市场规模。

相类似物品的价格会影响对某一物品的需求，特别对于可替代商品。

第二节 对价格与需求关系的修正

需求量往往随着价格上升而减少，随着价格下降而增加，因此通常我们说需求量与价格成负相关关系。价格与需求量之间的这种关系，对于经济中大部分物品来说都是正确的，因此经济学家称这为"需求定理"。但是科学要求精确，为什么说在大多数情况下需求定理成立，而不是普遍成立？为什么有些商品在价格上升时需求量反而上升，比如名车、珠宝等奢侈品？作为科学，经济学需要普遍性的定理。

需求与价格的关系，并不总是一条向右下倾斜的线。在微观经济中人们为商品或服务支付金钱，是为了满足自己可实现的欲望，也就是说，与价格最终相关的是欲望的满足，而需求量大小并不是欲望被满足的情况。在同等金钱支出的情况下，人们希望买到更多的商品是为了获得更大的欲望满足，而如果商品价格上升，同时人们的工资没有变化，那么人们认为支付相同的金钱带来的现实中的欲望满足会下降；在同样的工资情况下，如果价格下降，人们认为支付相同数量的金钱带来的现实欲望满足会上升。同样，人们花相对多的钱购买奢侈品，是因为奢侈品可以更有效地满足某些人可实现的欲望，但奢侈品由于价格昂贵，购买它并非对所有人都是现实的。如果价格上升的只是某一种商品，那么人们会开始寻找在单位货币量的情况下相对带来更多现实欲望满足的替代品。

由此可以将"需求定理"修正为:在欲望可实现的情况下,市场中的需求量与单位货币满足个人欲望的程度成正相关关系。

对于需求定理进行修正以后,不但可以解释在大多数情况下需求量与价格成负相关关系,它也可以解释奢侈品的价格与其需求量之间的关系,因为奢侈品的高位价格使得商品价格对欲望的满足达到惊人的程度,可以称奢侈品需求为"几乎纯欲望的消费需求"。因为在定义中加上了"在可实现的情况下",所以修正后的定理也可以用来解释 1845 年爱尔兰发生灾荒时,马铃薯的价格急剧上升,但对马铃薯的需求量却增加的情况,因为在当时的爱尔兰,马铃薯是不多的几个可实现的欲望,其他可实现欲望的减少导致马铃薯对人们食欲的满足度上升,马铃薯的价格因此上升,最终达到马铃薯价格与它能满足的欲望之间的价格平衡点。

第三节　供　　给

我们通常也用一张表或一条曲线来描述供给与价格的关系。一种商品的供给表(supply schedule)或供给曲线(supply curve)体现的是:在其他条件不变的条件下,该商品的市场价格与生产者愿意生产的数量之间的关系。

苹果的供给表	A	B	C	D	E
价格(美分/个)	12	16	20	24	28
供给(百万个)	0	6	7	8	10

表 6－2　供给量与价格相联系的供给表

表中的数据表明,在苹果的价格为每个 12 美分时,没有一个生产者愿意供给市场。在如此低的价格水平上,苹果的生产者根本无法获利,因而他们会选择将苹果园改建,种植其他产品。如果价格上升,那么苹果就会被种植,或者从其他地方进口供给市场。如果价格的进一步上升使得投资者觉得利润丰厚,则会使市场中苹果的供给量大幅上升。在供给曲线上我们将看到供给曲线向右上方倾斜。

当然生产者对市场的供给是因为有利润,决定供给的关键因素是生产的可能性和收益的可能性。要注意的是,供给的目的和本质绝不是为了满足市场的需求,因为如果一种商品的需求不能使生产这一商品的生产者盈利的话,市场中根本不会产生相应的供给。市场供给存在的根本原因是受利润即金钱驱动。当某一商品的市场价格比较高时,收益就可能更大,为谋取利润,生产者大量供给该商品。对于同一种商品,在一定时期、一定的技术条件下,生产者的边际收益是递减的,即边际收益递减规律的存在,阻碍了在某一价格上的供给量。只有当价格上升时,才能进一步地扩大供给。

而收益从另一方面来看,取决于成本下降。因此劳动、能源和机器(资本)等要素的价格和技术进步将决定供给的数量。在供给的问题上,最重要的是科学技术的进步。技术的进步能够使原来的简单劳动被机器所代替,以减少生产中简单劳动的投入,由此降低人力成本。技术的进步也能够提高能源的利用率,减少能源的使用量,或开发新的廉价清洁能源,从而减少在能源支出上的成本。从经济的发展历史看,技术的进步也降低了资本相对于生产的比例,因而技术的进步最终能够使作为成本的资本投入减少。

当然供给也受相关物品价格的影响。比如汽车公司通常在同一条生产线上同时生产多种汽车,那么如果一种型号的汽车需求上升,导致生产这一型号的汽车产量上升,必然会使同一条生产线上的其他类型的汽车产量下降,从而影响供给。

　　政府政策和其他因素也会影响供给，比如对于汽车应该执行什么样的尾气排放标准。当然政府的政策通常都是遵循哲学的合理性来制定的，只是在金钱的驱动下，政府会选择谁来生产，谁获得利润，或者哪几个生产者生产，来分享利润。其他因素还包括对未来的预期、气候条件等，比如飓风曾经导致了2005年美国南部地区的石油产量下降。

　　当价格发生变化，而其他影响供给的因素不变时，供给曲线还是原来的曲线。当技术进步使得成本下降时，则供给曲线会向右移动。

第四节　需求与供给

　　为什么我们需要实行市场经济？市场经济，就是让经济中的所有人自己来评定经济行为。这就是经济中的民主。民主可能会暂时失灵，比如在某一时刻多数人的不正确意见会占上风，在经济中可能会表现为像美国1999年时对网络股的热炒。但如同政治上的民主将长期发挥积极作用一样，经济中的民主也会长期使经济运转的费用处于一个较低的水平，从而使价格在市场中处在一个合理范围内，使就业与企业利润间的矛盾相平衡。市场经济因其民主性，使它具有其他经济形式无法比拟的优越性，这是我们需要市场经济的原因。

　　市场经济中有可能被实现的欲望就是需求，因为有欲望才会产生实际的需求，因为有需求，所以我们会从事个人的生产劳动，然后以劳动所得通过交换，来实现和满足自己的欲望。每个人都期望通过个人奋斗来实现自己的目标。在经济学中，个人愿望的实现就是通过市场中的交换。这就是欲望形成需求和促使生产，即供给，通过交换，使需求和供给相平衡，而交换中的价格是需求与供给的杠杆。欲望是市场经济存在的前提,在欲望被压制或供给匮乏的时候,就没有市场经济,也没有被需求与供给所决定的价格。

这是通常对需求与供给的解释,而经济学作为一门科学,要求我们回答:什么是需求,什么又是供给? 需求是可以被供给的欲望,即需求的存在同时要求着供给的存在。而供给是什么? 它是指为满足企业对利润的追求而存在的实际生产。之所以在"需求与供给"这一章中重新讨论需求是什么,供给是什么,是因为需求与供给都需要更深入的解释。

在本节中先解释供给。

供给是在一定时期,在科学技术即自然哲学允许的情况下,能够符合对金钱的收益而产生的产品或劳务。这一点在计算机芯片的生产供给上表现得非常明显。在计算机芯片生产中,有一个非常重要的莫尔定律,即计算机芯片的速度每 18 个月上升一倍,同期的芯片价格下降一半。其实这不是什么规律,只不过是在追求利润最大化,计算机芯片的速度以每 18 个月上升一倍,原芯片价格下降一半,是使收益最大化的方式,即在这样的时间周期内,销售收入减去研发成本,正好可以使利润最大化。需求则是指在科学技术(自然哲学)允许的情况下,能够以金钱交换而实现的欲望。

需求与供给为什么能够决定价格? 因为价格是买卖双方间达成的协议,或者是双方妥协后的结果,即需求与供给双方的妥协或议定结果。这是对于单个交易的需求与供给的均衡。对于市场中大量存在的需求与供给,均衡也取决于供给与需求力量的相互作用。市场均衡(market equilibrium)发生在供给和需求力量达到平衡的价格与数量的点上。在这时,买方所愿意购买的数量正好等于卖方所愿意出售的数量。此时在图形上表现为,供给曲线与需求曲线相交于一点。

对供给与需求的分析,不仅限于供给与需求的一时均衡。所谓的均衡指的是在其他条件不变的情况下,供给与需求力量平衡,价格就此不再波动。而当供给与需求力量不相等时,则会出现价格的变动。在市场中,如果由于天气原因,苹果的产量减少了,那么随着供给的减少,价格就会上升,并由此导致需求的减少。反之如果苹果的供给上升了,价格会随之下降,导致需求的增加。

供给和需求的关系通常并不如此简单,在实际经济中,我们通常看到的是价格虽然上升而并不是直接导致供给上升或需求下降的结果。对经济学科学而言,并不是用事实来迎和结论,而是用经济学的理论来解释经济中的事实。对经济来说,通常我们得到的数据是今年苹果的价格下降了,或者某一年机票的销售量下降了。对经济现象做出解释是经济学的职责。比如某年美国苹果的价格下降,通过数据的研究,是因为中国出口到美国的苹果数量上升,而中国苹果的价格明显低于其他地区产的苹果价格。此外,机票销售量明显下降,是因为自发生了"9·11"事件之后,人们在以后的这一段时间内很大程度上改变了对乘飞机旅行的偏好,而并非是因为机票价格上升了。

另外,对供给与需求而言,在市场经济中它们几乎一直处于均衡之中,因为每年的统计表明,需求几乎在许多方面都等于供给。当然,这是统计中的见解,在市场中,每一次交易本身就是需求与供给的一种暂时或者称为瞬时的均衡。因为根据需求与供给规律,当需求与供给均衡时,形成一个均衡价格,那么在微分上,每一次形成价格都是一个需求与供给的均衡点,即便在这个点上价格是一直移动的。比如在石油交易市场中,这也是一种买卖双方所达到的某一次均衡。对连续进行的市场交易而言,比如石油、大豆、黄金,商品如果在连续交易中一直保持出清状态,它们的均衡就是一直连续的,变动的只是均衡价格,即从一次均衡变动到另一次均衡。

139

第五节　供给与需求之间的关系

在经济学中人们通常会研究需求与供给的关系,但哲学告诉我们,事物是相互关联的。需求在有时决定着供给,供给也在不同的地方决定着需求。

在披头士乐队(The Beatles)第一次推出他们的专集的时候,英国的发行商派人到各个零售商店购买披头士乐队的唱片,然后再次卖给零售商,以此形成唱片热销的假象,乐队于是开始走红。披头士乐队的音乐固然美妙,而在经济学中我们要研究:供给是如何在市场中发挥作用的。

供给的目的从狭义上看是为了获取利润,为了利润,供给商会使用各种方法,比如电视广告、现场促销等,使原本很小的需求或根本没有需求的情况,变为需求量很大,使消费者原本对另一种商品的需求转变为对广告中商品的需求。这是供给对消费者消费倾向的影响,即对市场消费倾向的影响。事实上,需求具有一种我们先前所未曾讨论过的性质:需求是可以被诱发的。需求之所以可以被诱发,是因为需求是可以实现的欲望,而欲望可以被诱发,由此导致需求可以被诱发。这是微观经济中供给可以对需求产生作用的原因,即供给诱发人们的欲望,导致市场中对某一欲望现实追求的上升。

从另一个方面看,供给的扩大,必然要求生产的扩大,而生产的扩大,会导致成本的下降,特别是从长期来看,生产的扩大必然要求技术上的革新,由此使生产的总成本下降,从而影响商品或服务的供给价格,这样就会使需求长期得到扩大。这种事例是很多的,比如个人电脑、平板电视机的销售。在市场中,需求决定着供给的方向,供给的数量和价格,但由于价格是由供给和需求双方决定的,所以当供给不断扩大时,因为成本下降导致的销售价格的下降,最终会使需求扩大。这就是为什么原先在大学实验室里使用的计算机现在成为了个人使用的电脑的原因,在经济学中,我们称这为供给的扩大对需求的影响。

　　举一个例子。可口可乐的发明人第一天开始卖可口可乐的时候,卖掉了13杯。可口可乐在当时是一种新的独特的产品,在可口可乐诞生之前,没有人在大街上喊:"我要可口可乐。"在可口可乐卖出的第一天,人们并没有对这一产品的特定需求,是可口可乐的第一次供给促成了第一次消费,然后才有再生产和再供给,并且通过各种手段促销。比如二战时供应商向前线的士兵供应可口可乐,从而形成消费者的消费倾向。供给本身会使市场形成一个由供给而产生的供给市场和供给市场的价格,有时直接由供给促成消费倾向,而需求则因为供给的商品或服务的质量、品质、性质或奢华而被供给所带动。在市场中,并不是因为人们有对可口可乐的特殊需求,然后才有可口可乐的供给来满足市场的需求,而是可口可乐的发明人创造了一种新的饮料,而且他需要获得利润,所以他向市场供应了可口可乐,从而形成供给后的需求。在经济中,有一个道理:供给对于商人来说,绝对不是为了满足市场的需求,供给对于商人,主要是为了获取利润。在利润和需求的间接关系之间,利润会促使供给形成对需求的影响。

　　另一点,需求是在供给可能达到的范围内的一种购买时的选择。需求受限制于供给的科学技术水平、供给的覆盖范围等。人们不可能在走进商店以后,当场就买到商店里没有的东西。掌握供给对需求的影响非常重要,因为这会为供给方带来收益。在"宜家"(IKEA)的商场中,"宜家"只提供少量的优质商品供顾客选择,顾客在进入"宜家"以后,如果有消费的倾向,而又因为"宜家"店内的商品品质优良,就有很大的可能会购买其中的一件;而又因为在采购时商品的种类相对较少,集中式的采购使采购成本下降到很

141

低的水平。在卖出商品的同时,因为营运成本低,实现营利是很容易的。"宜家"掌握了供给对需求的影响,它知道顾客只能在商场已有的供给品中进行选择,而"宜家"供给的商品品质优良,顾客如果有消费的倾向,他们总有可能会在几个好品质的同类商品中购买一件回家。需求有时决定供给,但需求只能在市场供给既有物品的情况下进行选择,即供给决定人们能够需求什么。

本书中要强调说明的是:供给和需求是相互影响的。

另外,供给也会削减其他的需求。一种需求的实现确实会减少另一种需求的量,那么某一种供给是怎样削减另一种需求的呢?来举一个例子分析一下。石油公司为了垄断能源的利润,它们对开发利用新能源的态度和行动是非常简单的:如果有一种新能源的价格与石油相比具有竞争力,那么石油公司就会花上一笔相当可观的钱,买下这个项目,但不想使这个项目投产。这笔钱相对于石油公司的利润而言是相当少的。由此,石油公司的垄断供应导致了其他的供应不存在,对这一类新能源的需求也就被减少到了零。这就相当于生产梨的水果商买断了苹果种植技术,并且不生产苹果一样。之所以水果商没有这么做是因为梨的利润率没有石油这么高。石油公司的这种行为并非是虚构的,在非常深入地搜集经济领域中每一方面的信息后,你会发现经济中也有对消费者不利一面的做法。

第六节　基数效应和序数效应

一般的论述在其他书里也有,我们在此讨论一个其他书里没有论述过的问题。假设对于某一个人,苹果和梨在基数效应中对欲望的满足度分别为苹果 10,梨 8,同时苹果的序数效应递减分别为第 1 个苹果对欲望的满足为 10,第 2 个苹果为 9,第 3 个苹果为

8,那么当这个人试图在市场中购买第4个苹果时,这个人就非常有可能不再买第4个苹果,而是买1个梨。由此形成基数效应和序数效应的同时存在并相互影响的情况。随着社会经济发展决定的人们的平均实际收入的增加,在基数效应和序数效应的影响下,导致人们对物质需求的数量和种类不断增加。在一些生产能力不够的国家,就会形成生产能力与人们对物质需求之间的矛盾。

因基数效应和序数效应的共同作用,在实际收入稳定的情况下,人们对各种商品或服务的需求会达到各种商品占总消费量的一个固定比例,即在基数效应和序数效应共同的作用下人们对各种商品的消费最终会按边际消费带来的效用值来进行消费,比如购买3个苹果最终苹果的边际消费带来的效用是8,同时购买了1个梨,这1个梨的边际消费带来的效用也是8。社会整体的消费量达到一定量,比如收入可以同时满足人们对一定量的苹果和梨的需求时,在价格不变的情况下,苹果和梨的被消费数量就会处在一定的比例内。

另外,在经济发展的同时,社会学家和政府进行的调查表明人们的幸福感在下降。之所以这样,是因为幸福是相对的,今年我幸福不幸福取决于今年我比去年多得到了多少物质享受,这样,明年是幸福还是不幸则取决于明年比今年多享受了多少物质生活。比如在边际效用递减的规律下,去年我吃了3个梨,今年吃了4个梨,边际效用如果是8,当明年我吃了5个梨,边际效用则是7了,这样我当然感觉生活没有过去那么开心了。当实际收入的上升不能抵消或不能超过边际效用的递减,人们的幸福指数显然就会下降,这就是为什么调查显示一些发展中国家的幸福指数要高于一些发达国家的原因。此外,即便某一年的实际收入上升超过了边际效用的递减,也很难保证接下来的第二年、第三年依旧可以维持实际收入与边际效用这样的变化关系。

第七章 就 业

第一节 失业的代价

一、奥肯法则和对奥肯法则的修正

失业会给个人和社会都带来损失,这就是社会和个人为失业而付出的代价。失业率高,会使社会损失很多本来应当并且能够产出的产量。奥肯法则(Okun's law)指出,相对于潜在 GDP,GDP每下降 2 个百分点,失业率就大约提高 1 个百分点。一个社会为失业付出的代价可以这样估算:假定某一年的充分就业时的失业率为 4%,则在这样的失业率水平时,社会应当生产的产量就是充分就业的产量水平,通常我们也称之为"潜在产出"。然后把这一年每个季度的实际产量与潜在产出相比,我们就得出失业对经济体产出的损失量。这些损失的产量本来是应当生产出来的,因为存在失业就没有生产出来。当然,未被利用的自然资源将来是可以利用的,但失业造成的劳动力浪费是无法挽回的。

根据世界上绝大部分国家的经济数据,GDP 每下降 2 个百分点,失业率大约下降 1 个百分点。作为一门科学,我们会在经济学中问这样的问题:为什么 GDP 的变化率与失业率大约是 2 倍关系,而不是 1.98 倍或 2.03 倍的关系呢? 为什么它们之间有时候是 1.98 倍的变动关系,而不是在 12 个月之前的 2.03 倍的变动关系呢? 这是因为,主动寻找工作的人数不同,人们会因为社会及经济的各种因素决定自己是否主动去寻找工作。比如有些国家失业救济金相对较高,那么主动寻找工作的人会相对比较少,这样的变化特别会发生在国家对个人失业救济金的金额进行变化的前后。比如有些人因为经济整体不景气,因而预计外出找工作会失败,于是由于家庭中的另一方比如丈夫这时有工作,他们就决定放弃主动寻找工作,在家里干家务。这样,在失业的统计中,第一劳动力的总人数减少了,由此愿意找工作而没有找到工作的人数在同一情况下,由于劳动力的总人数减少而减少了。在这里,由劳动力的总人数的变化而引起失业率变化,与 GDP 的变化无关。还有其他因素,比如劳动力总数会与某一年出生人口的多少有关,在这批人进入工作年龄之时所导致的失业率的变化,也与 GDP 变化无关。对于这些变化量,以及其他与 GDP 无关的因素所引起失业率的变化,设为另一个变化量 A,以此可以对奥肯法则进行修正。

145

$$\text{GDP 的变化率}：\Delta GDP = GDP2 - GDP1$$
$$\Delta U = U2 - U1 - A$$

式中 U 代表失业率,A 代表非 GDP 变化所引起的失业率的变化,ΔU 表示由 GDP 的变化而引起的失业率的变化量。

由此可见,GDP 的变化率与失业率的变化关系就是：

$$(GDP2 - GDP1)/(U2 - U1 - A)$$

上式能够更准确地解释 GDP 的变化率与失业率变化的关系,即失业在宏观上会给国民经济总产值带来损失。另外要指出的是,失业率不仅和 GDP 的变动有关,因为失业是由多方面因素造成的。

二、失业对社会和个人的影响

失业对社会的影响是巨大而深刻的,失业给社会酿成的是悲剧。你可以在 2005 年上映的电影《新抢钱夫妻》(Fun with Dick and Jane)中体会到失业给社会所造成的不良影响。著名喜剧演员 Jim Carrey 将失业对社会的影响刻画得淋漓尽致,你可以在其中了解到几乎所有由失业造成的社会影响,在此片中我们可以将影片中的场景,一一对照实例来描述:

Jim Carrey(电影中饰演副总裁):"公司倒闭了,那么这些员工怎么办?"

"美国是一个充满机会的国家(America is a country full of opportunities),他们会找到新工作的。"总裁回答。但半年以后Jim 他自己都仍旧没有找到新工作,他对自己失去了信心,最后他为了不失去自己的住房选择了打劫,走上犯罪道路。

在 20 世纪 80 年代末和 90 年代初,许多失业人员都曾是高工资的经理、专业人士和从未想到自己也会失业的金领阶层。失业对他们的打击实在太大了。一个在 1988 年失去工作,直到 1992 年也没有找到正式工作的中年经理人是这样说的:"我是一个失败者,不能在现代经济的竞争中保持领先……我决定去寻找工作,但是日复一日、月复一月,萧条依旧没有尽头。被拒绝过那么多次,以至于我不得不开始怀疑起我自身的价值。"由社会学家的统计表明,在失业率居高不下的时候,社会的犯罪率明显高于低失业率时期。

在寻找工作的过程中,Jim 一直是个失败者,他成天呆在家里,垂头丧气。在影片中有一次他得到了一个面试的机会,于是他很早起床,当他赶到面试地点的时候,几百人已经等在了那里。在现实的历史中,这么个 1929 年开始的大萧条时期,一个在旧金山寻找工作的人是这样讲述的:

早上 5 点,我从床上爬起来,赶到港口区。在炼糖厂的大门外面,上千人已经正在等待。可你很清楚,一共只有三四份工作。一个家伙带着两个小警察走了出来:"我需要 2 个看牛群,2 个能钻洞的。"于是,一千多人就像一群阿拉斯加野狗一样拼命地冲进去,可仅仅只有4个人可以抢到工作。

失业给失业者本人及家庭造成非常严重的灾难。失业者失去了本来用劳动可以换得的收入。失业津贴虽然会减轻失业者的损失，但却是微薄的。

失业工人及其家庭的地位和声望也会因为失业而下降，因而他们身心健康也受到影响。在失业率很高时，社会秩序同时会受到影响，犯罪率会相应上升。经济学家和社会学家对一些经济数据和社会数据的分析表明，在失业问题尖锐时，酒精中毒、心脏病、婴儿死亡、精神错乱以及虐待儿童和自杀率都会上升。

失业的代价对社会是可怕的，对个人则是灾难性的，因此实现充分就业是经济发展的主要目标。

147

第二节 失业的测量

一个国家对失业的统计分为若干种类型，通常政府和个人都更关心非自愿失业的程度。摩擦性失业和结构性失业是无法避免的，只要经济发展，它们就必然会存在，这两种失业同劳动力的比例称为自然失业率（natural rate of unemployment），自然失业是指一种因无法得到解决而被认为是正常现象的失业，但自然失业也是失业。因此，实际失业应是需求不足型失业，当需求不足的失业为零时，就意味着达到全社会的充分就业。实际失业率等于自然失业时的经济产出量，被称为"最大就业率的国内生产总值"。美国劳工统计局关于美国失业率的统计方式是将全国总人口分为三大类：第一类是劳动力，包括就业人员和失业者。就业人员是指，在既定工作周期中从事过任何有报酬工作的人；从事自己的职业，在他们自己的企业中工作，或者在自己的农场中干活的人；在家族企业或家庭农场中1周至少干15小时且不领工资的人。如果因为疾病、恶劣天气（伐木工人在暴风雪的天气时）、假期、劳动纠纷以及某些个人原因脱离工作岗位的人，也被算作就业人员。失业人员是指，在既定工作周期中未曾被雇用的人；在既定时期内本可以工作但却没有岗位的人；在既定工作周期（通常为一个月长短）中为找工作做过4周努力但却未能成功的人；已被解雇并正在期待重返岗位或再就业的人，也被算作失业人员。第二类人口是非劳动力。这部分人包括在家操持家务的人、已经退休的人、病残者，或指没有去工作的人。第三类是指，未满16岁的人、现役军人、精神病人和监狱中的囚犯。

被解雇者是曾属于就业人口而被他人所解雇的，自愿离职者是曾属于就业人口而自动离开劳动岗位的人，例如寻找其他收入更高、条件更好的工作的人（但通常在一些其他国家，人们会在确定有新工作之后才自愿离开原来的岗位）。

由于失业在全体公民之间的分布不均衡，在民族单一的国家分布不均是因为裙带关系，而通常在美国，因裙带关系而产生的失业分布不均少于其他国家。虽然在美国裙带关系也很盛行，比如前总统克林顿与莱温斯基绯闻一案，莱温斯基之所以能成为白宫实习生，是因为她的父亲向美国民主党捐款100万美元。在多民族国家，最典型的是美国，黑人的失业率约为白人的2倍，在青年黑人中更为突出，并且后者的失业率从二战后一直成上升趋势。发生这一现象的原因是，在于学业上许多黑人孩子无法得到良好的教育，在16岁到19岁的时候由于无法上学而失业，但白人少年在这一年龄段中，因为在校学习而没有成为失业者。并且，因为这一教育程度的原因，导致几年之后的成年白人与黑人在就业率上的差别。其实黑人不仅仅在就业时遭到歧视，而且在其他方面也遭到歧视，即在社会的各个方面都受到歧视，包括黑人自身有时候也认为自己不如其他人，这可以称之为"意识歧视"。意识歧视还包括对年龄和性别的歧视,也包括城里人看不起乡下人,本地人排挤外地人。意识歧视是导致就业率分布不等的重要原因。

劳动市场群体	不同群体的失业率（劳动力的%）		失业人口在不同群体中的百分比（失业总人数的%）	
	衰退（1982年）	扩张（1989年）	衰退（1982年）	扩张（1989年）
按年龄分：				
16—19岁	23.2	14.7	18.5	17.7
20岁以上	8.6	4.6	81.5	82.3
按种族分：				
白人	8.6	4.6	77.2	74.5
黑人及其他	17.3	9.4	22.8	25.5
按性别分(只计成年人)：				
男性	8.8	4.3	58.5	51.1
女性	8.3	5.0	41.5	48.9
所有工人	9.7	5.3	100.0	100.0

表7-1　美国各群体人口的失业情况

此表显示的是美国高涨年份和衰退年份不同群体失业的变动情况。前两组数字显示1982年和1989年每一群体的失业率。后两组数字显示总失业中属于各群体的百分比。（资料来源:U.S. Department of Labor, *Employment and Earnings.*）

20岁以下年轻人的失业率为老工人的2倍多,他们在性质上有一个显著的区别,前者较多地倾向于短期失业,年轻人频繁地进入退出就业岗位。老年人失业时,则会持续较长的时间。这种区别的主要原因,社会学家称为"4年工作期",即人在进入社会工作以后便会不适应工作的枯燥与命令式的上下级关系,这种情况在刚进入社会工作4年内的人身上特别明显。

当然,在失业率的统计中,误差是难免的,主要是因为在登记失业的国家,虚报、谎报失业状况的人,为了领取失业金而进行了失业登记,但同时由于经济中信息不对称普遍存在,政府很难知道一个领取失业金的人是否还在工作。在美国,有对虚报和谎报进行调查的政府行为,但效率是很低的。其次,在德国有针对学历而明确的最低工资标准,但在中国没有,是因为中国的实际统计失业率在相同情况下低于德国。比如在中国,新闻报道过一个大学本科毕业生 2005 年的最低工资低到 800 元人民币,他工作是卖猪肉(按 2005 年购买力计算约合 500 美元),为当地建筑工人的 50%。在中国的这种就业情况,在德国就会是失业。从统计数据上来说这种情况是就业,但在劳动力使用上,则是半失业。另外,统计上也无法区分一周工作 20 小时,40 小时,或 60 小时。在经济增长时,企业可能需要职员一周工作 50 个小时,因为加班费相对于新招募员工所需向政府缴纳的养老金,医疗保险等费用还是比较便宜的。这在统计上是无法反映出来的。

第三节   失业及其分类

失业(unemployment),是指有劳动能力的人想工作而找不到工作的社会现象。就业者和失业者的总和,称为劳动力。失业者占劳动力的百分比,称为失业率。所有未被雇用,或正在变换工作岗位,或未能按当时通行的实际工资率找到工作的人,都是失业者。

按通常的经济分析,失业按其原因大体可分为这样几类:

1. 季节性失业(seasonal unemployment),指某些行业中由于工作的季节性而产生的失业。如农业、农产品加工业、旅游业,它们的需求有季节性,在需求淡季时,就会存在失业。季节性失业也被看作是一种正常的失业。

2. 摩擦性失业(frictional unemployment),它是因劳动力市场运行机制不完善或因经济变动过程中而产生的失业。它被看作为一种求职性失业,即一方面存在着职位空缺,另一方面又存在着与此数量对应的寻找工作的失业者,这是因为劳动力市场的信息不完备,厂商找到所需要的雇员和失业者找到合适的工作都需要花费一定的时间。在一个变化着的经济中,消费者的消费倾向会随时间的推移而改变,从而使某些行业衰退,在这一行业中产生过剩劳动力:而同时,经济体的另一些行业也可能正在兴起,需要大量的新的劳动力。但劳动者从一种职业或一个行业流向另一种职业或另一个行业,会因为流动成本、职业技能、个人特长和居住地区等原因而出现重新就业的困难,因此会造成暂时的失业,尽管同时市场中存在着职位空缺。摩擦性失业在任何时期都存在,并将随着经济结构变化加快而有增大的趋势,但一般来说,摩擦性失业的存在与充分就业并不矛盾。

3. 周期性失业(cyclical unemployment),指经济周期中的衰退或萧条阶段因需求下降而造成的失业。在经济衰退时期,产品的生产和需求下降,因有效需求不足而使部分工人失业,这种失业是和经济的周期变化联系在一起的。它对各个经济部分的影响是不同的。研究结果表明,在一般情况下,需求的收入弹性越大,这一经济部分受周期性失业的影响越严重,即人们收入下降时,产品需求会大幅下降的行业,周期性失业更为明显。

4. 凯恩斯认为,如果一个经济的有效需求水平过低,不足以为每一个愿意按现行工资率就业的人提供就业机会,即失业人数超过了以现行工资率为基础的职位空缺,由此产生的失业是需求不足型失业(demand-deficient unemployment)。另一方面,如果需求的增长速度慢于劳动力的增长速度和劳动生产率的提高速度,由此产生的失业可称为增长不足型失业。上述的周期性失业和增长不足型失业是需求不足型失业中的两个类型。其中周期性失业是需求的短期下降造成的,增长不足型失业则是需求长期跟不上劳动力增加和劳动生产率的提高所致。这些都是凯恩斯及其追随者的观点。按照新古典学派的观点,工资水平是有弹性的,它能调节劳动市场的供求,在有效需求不足的情况下,劳动者之间的竞争会使实际工资下降,从而使劳动的供给减少,对劳动的需求增加,由此而消除需求不足型失业,因为新古典学派是如此分析的,于是他们不承认需求不足型失业。但事实上,企业并不会这样做,即在产量一定的时候,应该雇用 5 个人工作,而因为劳动力的供给增加,工资下降,雇用了 6 个人。其实在经济中,5 个人能干好的事,6 个人不一定比 5 个人干得更好,因为人与人之间会对工作相互推诿,这是工作中的常识。企业在劳动力供给增加时,会利用对工资的定价优先权,主动下降职工的工资,但企业出于对成本的考虑,不会雇用更多的人。一旦经济不景气,需求不足,工资在加班费一项上可能会有下降或波动,但雇用人数一定不会与之相应上升,因为企业雇用人是为了产出,以产出满足市场需求,雇用人不是为了解决失业问题。所以需求不足型失业是存在的。

5. 技术性失业(technical unemployment),指由于技术进步,或采用了节约劳动力的机器而引起的失业。这种失业是由于使用在技术进步和机器生产上的劳动,代替了原来的劳动,从而造成原来岗位上的工人失业。这种失业是经济发展中必然发生的,但它也可以归为摩擦性失业。

6. 结构性失业(structural unemployment),指因经济结构变化,产业兴衰转移造成的失业。这种失业的特点也是失业与职位空缺并存。结构性失业与技术性失业有部分重叠,但除技术进步排挤劳动力之外,国际部分,非熟练工人缺乏培训,消费习惯改变,政府的财政、税收和金融政策对产业结构的影响等因素,都可能导致结构性失业。在 20 世纪 70 年代的新加坡进行经济转型时就发生过大规模的结构性失业情况。结构性失业与摩擦性失业则有差异,两者共同的特点是职位空缺与失业并存,但结构性失业更强调的是空缺职位所需要的劳动技能与失业工人所有的劳动技能不相符合,或空缺职位不在失业工人所居住的地区,或失业工人无力支付昂贵的培训费用和移居费用。因此,尽管失业工人能够获得劳动市场有关职位空缺的信息,但他无法填补空缺的职位。

7. 自愿失业(voluntary unemployment),指工人所要求得到的实际工资超过了其边际生产率,或不愿接受现行的工作条件而未被雇用而造成的失业。这种失业一般不被看作真正的失业。凯恩斯提出与此相对的失业,即非自愿失业(involuntary unemployment),是指具有劳动能力并愿意按现工资率就业,但由于有效需求不足而找不到工作所造成的失业。非自愿失业是可以被总需求的提高而消除的,这种失业与需求不足型失业是一致的。

第四节　等价原理

通用汽车公司同样类型的两条生产线分别设置在美国和中国,这两条生产线生产相同数量相同型号的汽车,并且配置的工人数量也相同,他们的熟练程度(单位时间产量)也相同,使用相同的标准零件,那么在这两条生产线上,工人每单位时间所创造的劳动价值相等。这就是等价原理,即在相同的情况下,工人每单位时间所创造的劳动价值相同,而不论是在什么地方进行生产。由于实际中工人不可能在每个单位时间里生产出同样多的产品,劳动创造的价值必须用产品或服务来体现,所以,等价原理被表述为:在相同的情况下,工人生产的每单位产品所创造的劳动价值相同。

在不同的国家,例如生产制造同一种小汽车,劳动创造的价值是相同或非常相近的,但由于国际汇率并不真实地反映各国的价格水平,所以当最终以美元计价时,会有不同的价格。对于国际贸易而言,它总是将一国不能生产或生产成本较高的产品从另一国运来,形成国家间的优势互补。但有时,A 国与 B 国生产相同品质的同种商品,由于汇率导致一国的价格较低,而商品的价值却相同,那么相同价值的低价格商品就会抢占市场。同样,对于人的劳动价值,相同价值的劳动,当以较低的价格供给市场时,就会挤占他人的工作。在整个国际就业市场中,由于汇率问题,并且通过国际贸易,一国在创造就业的同时,以较低的价格供应劳动,挤占了另一国工人的就业机会。但从经济中人们的行为来说,在一个经济体中,当经济体的个人平均收入达到一定量时,有些人宁可领取失业金,也不愿从事强度大而收入微薄的工作。这时,就不能认为一国以比较低的劳动力价格供给市场,而应该认为,相对于 B 国的工作情况,A 国的人宁愿失业。

问题并不止于此。工人在 A 国付出劳动以后,得到了一份相对于 B 国较高的薪水,当他们用这一份薪水购买相对价格较低,而价值却相对不低的 B 国的商品时,这其中有着不等价的劳动价值的交换,即 A 国工人的劳动所得为 100 单位,因为国际汇率的因素,他却在市场中,用劳动价值为 100 单位的货币买到了劳动价值为 120 单位的商品。这不是由人们的主观判断而决定的价格,而是由汇率市场导致的。

根据等价原理,我们应该将国家间的汇率调整到一个相对合适的比率,既不影响一国的就业,也不产生劳动价值的不等价交换。

第五节 通货膨胀和失业率

在不考虑"教育"这一个因素时,通货膨胀和失业率之间的关系不是一个菲利普斯曲线所能解释的问题。通货膨胀和失业率之间的问题,是一个经济增长和通货膨胀、失业率之间的问题。所以把它放在经济增长这一章中阐述。

第六节 工会的作用

155

在经济中,任何一件事物的存在都需要维护费用,工会也不例外,比如工会会费,西方发达国家工会组织罢工时的产值损失也是一种变相的费用。关键不在于雇员与雇主之间的抗衡,而在于用一种什么样的更公平的方式来分配劳动所创造的价值。工会被建立的目的在于更公平地分配企业和股东的收入与实际工作岗位上被雇用者的收入。

经济是以金钱的流动来运作的哲学,工会之所以存在于经济中,是因为在人们的(哲学)意识中需要有一个能够维护弱者权利的组织,由于我们的思想意识需要这样一个组织,所以会以金钱的方式来直接或间接支持工会的运作。当然,如果能在经济中建立一种更合理公平的分配方式,达到人们对公平分配的普遍目标,那么也许我们可以无须拥有工会和付出罢工期间的产值损失,但目前我们的经济运行还做不到。

工会的存在对就业的影响是使在职人员的工资维持较高水平,并由此提高实际工资水平,使失业率处在相对较高的水平。但归根结底,对于经济,工会的存在,是为了使经济以更公平的方式来进行分配。

第七节　走向充分就业

一、充分就业与自然失业率

从理论和事实上来说,因为获取信息需要时间,花费精力,所以通常信息的获得是不完全的,有时,获利的信息对经济中的个体而言是不对称的,这些因素和劳动力受人口移居的阻碍,导致失业者与空缺岗位并存。所以,在经济中总有少部分人必然处于失业状态。

凯恩斯认为,在他的理论中非自愿失业如果被消除,那么仅限于摩擦性失业和自愿失业的失业状况,就是经济的充分就业情况。在凯恩斯理论中,摩擦性失业因为它的必然性和无法解决的特点,所以不是解决失业时所需要共同解决的问题。但是,对于一个普通工人而言,由于经济的发展,产业结构的变化,他的确失去了工作,并且很显然他因此没有收入,社会地位下降,政府也需要承担救济金的支出,并且因为犯罪率可能会上升,而给社会带来其他的维护费。摩擦性失业具有其他失业所拥有的经济与社会特性,并不能因为它是经济发展的必然产物,它无法在短时间内被解决而无视它。所以凯恩斯对充分就业的定义不是根据失业与就业的本质来下的,凯恩斯认为既然他不能解决摩擦性失业和自愿失业,那么解决了其他各类的失业也就达到了充分就业。另外,一些经济学家认为,如果空缺职位总额,恰好等于寻找工作者的总数,即需求不足型失业等于零,那就实现了充分就业。这显然不正确,因为寻找工作的人并不是百分之百地适应空缺职位的工作要求,即当劳动力供给不符合劳动力需求时,那么这样的供给与需求之间就不能做一个求和的计算，两者人数的相等不能简单求和为零，即当空缺职位总额恰好等于寻找工作者的总数时，这并不是充分就业。还有些经济学家认为，如果要再提高就业率，就必须以通货膨胀为代价，那么就可以实现充分就业。显然他们和凯恩斯一样，在问题无法得到圆满解决时，就放宽了对充分就业的限定。

与充分就业相联系的失业概念是自然失业率。自然失业率这一概念是由弗里德曼提出的，它是指在没有货币因素干扰的情况下，让劳动市场和商品市场的自发需求与供给起作用，总需求和总供给处于均衡状态下的失业率。没有货币因素干扰是指失业率与通货膨胀以及加速的通货膨胀之间不存在替代关系。自然失业取决于劳动力市场的劳动力结构（并且劳动力供给的结构和劳动力结构的需求会随时间的推移不断变化），获取劳动力市场信息的费用和时间，劳动力和劳动生产率增长的速度，后者指技术进步的速度。弗里德曼所以提出自然失业率的概念，是由于反对凯恩斯理论中的非自愿失业。他和他的支持者认为，在排除了垄断的劳动力市场外，工资是有弹性的，劳动力有流动性，供求信息也较易获得，因而所有有劳动技能并愿意就业的人迟早会找到工作，失业是摩擦性的或结构性的，这种失业是不能以提高通货膨胀率为代价而消除的。但弗里德曼理论的前提，是工资要具有相当的弹性，即工资能快速地适应市场。但是在实际中，工资是刚性的，它可以表现出的弹性相当低。

让我们回到价格问题中。前面已经强调，卖方在市场中具有定价的优先权，并且价格是买卖双方的认同或妥协。在一般的市场中，随着市场的变化，卖方可以不断地调整价格，以便得到买方的认同或妥协，从而形成交易和交易时的价格。但是在一般市场中所发生的这种情况，在劳动力市场中根本不存在，因为劳动力市场是买方市场，买方具有定价优先权。劳动力市场的买方定价优先权与一般市场的卖方定价优先权的区别在于：一般市场的卖方定价优先权一直持续，卖方可以根据市场的变动不断调整价格，这样价格的杠杆就能自动调节供给与需求，使供给与需求达到新的平衡。但在劳动力市场中，买方只在一开始时具有定价的优先权，并且在合同期内无权对价格提出异议，由此在劳动力市场中，对于全日制工作的劳动力而言，劳动力价格在一年、两年或三年的合同期内是完全刚性的，而且即使合同到期，因为工会的存在，企业也很少能够独自决定劳动力的价格，即在劳动力市场上，买方只拥有初次订立合同时的定价优先权，买方无法持续地变动价格并迫使卖方接受新的交易。由此卖方在第一次交易之后对新价格的不认同和不妥协就会实现，即新的交易无法达成。而企业必须继续运作，工人必须持续工作，于是现有的工资就继续使用。这是工资具有相当大刚性的原因。工会的作用在美国小一些，但并不能就此认为工资在美国就比其他经济体具有较大的弹性，因为除了工会以外，企业中还会有人际关系等因素，并且如果某个企业轻易地下降自己公司员工的工资，导致的往往不是社会总体的劳动力需求增加，而是这个企业的员工集体跳槽，因此在没有工会的情况下，企业也不会主动对老员工下降薪水。

工资还有一个特点，即它反映的是一个经济体的整体物价水平，在实际中它是随着物价水平的变动而变动的，而不是按弗里德曼所说按照劳动力市场的供给与需求而变动。工资的变动，即工资的刚性与通货膨胀率水平有关。劳动者的价值评定需要一定的时间来收集信息，分析信息，需要时间做出价格上的调整，几乎所有的商品或劳务都需要价值的评估过程，即商品相对于其他商品的一个交换比率需要一个评估过程。评估过程是需要劳动力和时间的，而这一评估性的劳动并不增加商品的效用，因而人们尽量避免这种劳动。

至于"劳动力价格是刚性"作为一个特别的问题被列出，是因为它是货币主义理论的核心，如果要证明货币主义的理论是正确的,那么就得证明工资的弹性足够大,而实际中,工资在一年或稍长一些的间隔期内保持稳定是市场中常见的现象(如果不发生快速的通货膨胀)。这些因素与第二章中提到的"价格在交易时才表现出变动",共同导致了货币主义对失业中"非自愿失业不存在"的解释不成立。

二、对于就业的启示

1950 年以色列建国时,一位诺贝尔文学奖得主来到地中海海边的这个国家,他游览之后写下"这里一无所有,一片荒芜,没有希望"。而今天,在以色列那片不能耕种,"没有希望"的土地上,以色列人种植的蔬菜和鲜花却在世界市场上尤有竞争力。以色列人知道当地的气候不适宜种植鲜花和蔬菜,他们知道改变不了大气候,于是他们创造"小气候",用暖棚和滴灌技术来种植蔬菜和鲜花,并且取得成功。在经济中,当我们不能够改变"大气候"的时候,我们可以像以色列人那样创造"小气候"。对经济"大气候"的控制我们主要运用货币政策和财政政策,而对于经济中的个人——"小气候"——我们通过教育使个人获得知识、技能和创造的勇气,让个人自己来创业,在自己的企业里解决就业。

在经济当中,有"大气候"的存在,对于"大气候"下的经济萧条,企业必然会裁员以维持企业的运作和利润。在经济不景气时,没有那么多的就业机会存在,于是总有人会失业。

三、为什么会有失业

可以对失业现象的产生作几个方面的分析。

第一,事实上经济的运行不是为了创造就业机会而存在,只有政府为了维持社会的稳定和赢得选举,才会努力地创造就业机会。对企业而言,其自身仅是一个追求利润的机器,在获得利润以后它可能会捐助,但捐助不是它的目标或存在的原因。在市场中,企业是为创造利润而不是为创造就业机会而存在的。企业为了追求利润，它或许变相间接地造成了失业的存在。事实上对企业而言，只有在市场中存在失业的情况下才可能使劳动力的价格在竞争中维持较低的水平。一般情况下，经济学家认为，企业通常都会拒绝一些寻求工作机会的人，以降低整个劳动力市场的供给价格。但实际中，企业会拒绝一些寻求工作机会的人是因为企业追求的是利润，单个企业拒绝寻求工作机会的人不是为了降低整体劳动力市场的供给价格，而是为了挑选最合适的人为企业创造尽可能多的利润。在通常情况下，企业每面试5个人才会录用1个人，这样做的原因显然不是为了创造就业岗位，企业这样做是因为企业中的人事部、招聘岗位所在的部门等在考察后觉得某一个人最适合某一岗位。企业也决不会因为某个人提出的工资最少而录用他(她)，事实上，寻求工作的人没有对工资的定价优先权。

第二，每个人都是不同的，有些人从哈佛大学毕业，而有些人通过偷越国境进入发达国家，他们没有受过高等教育，(以下这句是不带偏见的)其中的有些人甚至只能在工作中使用当地的非官方语言，在就业市场中他们受到各种条件的限制，雇主在考虑雇用他们时甚至对于他们是否会偷窃公司的财产有所顾虑。在经济中确实有一部分人因为需要养活自己和家人，因而需要一份工作，但他们同时又不具有被雇用所需的资质。他们被称之为不合适于被雇用的人。不合适于被雇用的人的存在直接导致了充分就业的不可能实现，而企业追求利润则间接产生了对充分就业的阻碍。

第三，经济周期对就业的影响。经济周期确实会影响就业，在经济衰退的时候，失业率会大幅上升。但经济在周期上的波动不是产生失业的直接原因，只是经济在衰退时，衰退加剧了以上的两个因素对失业的影响，比如在衰退时，企业提高了用人的标准，导致水平相对较差的人虽然在经济繁荣时能够找到工作，但在经济衰退时，由于工作岗位的要求相对提高(比如在裁员时将一部分不尽如人意的员工裁减),从而从原先的就业状态变为失业状态。企业则因为失业人数的增加而可能在订立新劳动合同时,下降工资,以降低成本。对于经济衰退时企业倒闭导致的失业,应该认为是因为管理者经营不善造成的。每个人是不相同的,有些人能力强,而有些人能力弱(能力有时也会上升或下降),人的能力会导致企业成本上升或破产倒闭。经营得好的企业继续存在,经营不好的企业倒闭,这种现象在经济生活中一直发生,但在经济衰退时特别明显,由此也导致失业人数上升。

那么摩擦性失业和结构性失业又是什么呢? 摩擦性失业指的是个人由于对目前工作性质或收入不满而在找到另一个工作之前的失业状态。造成个人对目前工作诸多不满的原因,可以归结为社会对个人的机会提供的不足,而这正是在解决经济中失业问题时我们所需要也可以解决的。结构性失业则是指个人的能力无法适应变动的经济结构造成的失业,这样的失业者,比如煤矿工人,只具有某一工作岗位的经验,这种情况的失业原因就是第二点中所提到的——个人能力不充足,不足以应付变动着的经济所需要的就业资质。

四、新的方法

"在天和地之间,还有许多事情凭你的哲学是无法解释的。"(莎士比亚语)在经济学中,有许多事情凭我们单一的经济哲学是无法解释的。充分就业是一个直接的经济学问题,但它不是一个靠单一的经济学就能够解决的问题。

我们可以像以色列人那样,当不能改变"大气候"时,我们创造"小气候"。经济增长是会有起伏的,而我们则可以提供更完善的公共教育,使每一个人,获得受良好教育的权利而不是希望,每一个人都可以获得并且政府应该为他们提供受高等教育的机会。使每一个人能够获得受良好教育的权利,并且通过良好的教育,使人能够为自己思考，为自己工作，以消除经济中产生失业的因素中的一种，即个人的能力或劳动资质的不足。

除此之外，政府或一个经济体应该鼓励人们自主创业。当经济的"大气候"不能够创造足够多的就业机会的时候，个人可以通过创业，自己开立公司来创造一个"小气候"，即可以避免因为企业拒绝一些寻求工作的人而造成失业。这不仅能够解决个人的就业问题，而且能够解决整个社会的就业问题。这不是我们一代人能够完成的，但在历史进程中的现在，我们就应该开始努力。

为什么说鼓励个人创业能够解决就业问题？因为即使受到了高等教育，人们的能力也通常取决于社会的客观条件，如果社会只给了某个人一份简单的工作，而这份工作通常只需要这个人的一项简单的劳动能力就能胜任，由此造成的情况是：第一，这个人在工作中不能因他的能力而创造出相应较高的劳动价值，因为受工作条件的限制，这一情况就有可能产生摩擦性失业。第二，如果发生经济周期中的衰退，那么这个人可能会失业，这并不是因为他的能力不足，而是他的工作岗位可能会被删减而造成他本人失业，或者由于管理者决策失败导致企业倒闭，企业中的个人也必然面临失业。为了避免失业原因的产生，即企业对劳动岗位需求数量的变化和个人能力受到社会各方面条件的影响，应该鼓励个人创业。如果一个经济体允许向人们提供相应的机会，这些机会允许人们发挥自身的能力，以自己的劳动来创造"小气候"，就可以保障自己不失业，也可以避免相对的摩擦性失业（先前的经济学者通常认为，摩擦性失业是不可避免的）。

自然，事情并不如想象的那样简单，小企业不易生存，因为市场并不是完全的竞争市场，市场中也总是有不公平竞争存在，在美国的飞机制造商波音和洛克希德·马丁两公司之间，还存在过竞标政府 F-22 战斗机项目时的贿赂官员的行为。我们需要更适应小企业存在的市场和更规范的市场监督。第一，市场准入。市场必须实行自由准入机制。第二,公平竞争。防止裙带关系引起的不公。裙带关系是一种很普遍的现象,这是造成经济中竞争不平等和社会本身不平等的重要原因,对裙带关系必须进行有效的检查和杜绝。

做到这一点非常难,但自由市场经济就是指没有垄断的市场,这种垄断也包括由人际关系而造成的市场被裙带关系所垄断。这些如同教育一样,是一个漫长且需要有耐心的过程,因为根据相关的资料数据,90%的小企业在创业后的三年中会消失。但我们需要努力,这对于经济学而言,是为了充分就业,对于社会而言,是为了个人奋斗等其他的目标。

失业,首先是一个经济学问题,这是众所周知的,但要解决失业不能把它单单地放在经济学中来考虑。以往我们没有解决好失业问题,是因为我们还没有考虑到影响就业和造成失业现象的其他因素,正是因为这些非经济因素,导致过去我们无法解决经济中的失业问题。现在,我们把这些因素归结到经济学中,用经济学的量化方法来控制这些因素,并努力以此最终解决失业问题。

图书在版编目(CIP)数据

经济的本质与目标/茅琦著.—上海:学林出版社,
2008.10

ISBN 978-7-80730-698-6

Ⅰ.经…　Ⅱ.茅…　Ⅲ.经济学—研究　Ⅳ.F0

中国版本图书馆 CIP 数据核字(2008)第 133932 号

经济的本质与目标

作　　者——茅　琦
责任编辑——乐惟清
特约编辑——陈晶龙
封面设计——唐懿明
出　　版——上海世纪出版股份有限公司
　　　　　学林出版社(上海钦州南路 81 号 3 楼)
　　　　　电话:64515005　传真:64515005
发　　行——新华书店上海发行所
　　　　　学林图书发行部(上海钦州南路 81 号 1 楼)
　　　　　电话:64515012　传真:64844088
印　　刷——常熟市东张印刷有限公司
开　　本——889×1194　1/32
印　　张——5.375
字　　数——13 万
版　　次——2008 年 10 月第 1 版
　　　　　2008 年 10 月第 1 次印刷
书　　号——ISBN 978-7-80730-698-6/F·83
定　　价——18.00 元

(如发生印刷、装订质量问题,读者可向工厂调换。)